光文社文庫

長編時代小説

ふたり道

父子十手捕物日記

鈴木英治

光　文　社

目次

ふたり道　父子十手捕物日記

第一章　洟垂《はなた》れにおしろい

一

少し薄い。

そう感じたからといって、文之介《ふみのすけ》にけちをつける気など毛頭ない。

味噌《みそ》がわずかに足りないだけで、だしはよくとってある。具の豆腐から水気が出て、薄まってしまったにすぎない。好物の鰹《かつお》だしの旨《うま》みが、舌先から口中にじんわりと広がってゆく。

文之介は黙って味噌汁をすすった。

「おいしくないの」

気がかりそうな声が投げられた。

首を伸ばし、文之介は顔を向けた。台所に立つお春《はる》が心配そうに見ている。

笑みを浮かべ、文之介は穏やかにかぶりをふった。

「そんなことはないよ」

快活な声でいった。

「味噌が足りなかったかしら」

「いや、おいしいよ。いつもと変わりない味だ」

「そう。それならいいんだけど。――ああ、お新香、ちょっと待ってね。いま用意するから」

お春がかがみこみ、漬物桶《つけものおけ》をごそごそやりはじめた。最近、めきめきと漬物の腕をあげている。

これは、丈右衛門《たけえもん》の妻のお知佳《ちか》に教わっているためである。文之介のもとに嫁いでくる前、実家の三増屋《みますや》でも漬けていたようだが、やはりお知佳からこつを伝授してもらったのがよかったのは疑いようがない。

どんなこつなのか、文之介はきいてみたことがある。お春はにっこりと笑い、蔬菜《そさい》から早く水気をだすために重石《おもし》をずっと重い物にしたこと、漬ける蔬菜の間隔を考えてうまく並べること、蔬菜によって塩の量を変えることなどを、すらすらと述べたものだ。

こつはほかにもいくつかあるようだが、主なものはそんなところであるらしい。さほどむずかしいことではないように思えるが、それまで知らなかった者にとっては、目から鱗《うろこ》が落ちるのも同然なのだろう。

早く食べたいものだな、と思いつつ文之介は膳《ぜん》から茶碗《ちゃわん》を見つめた。炊き立ての御飯はほかほかと湯気をあげ、見るからに食い気をそそる。

膳の上には納豆の小鉢がある。すでに納豆はかき混ぜずみで、醬油《しょうゆ》も垂らしてあった。文之介は小鉢を取りあげ、納豆を御飯の上にかきだした。なんともいえない、納豆特有の香りが鼻孔をくすぐる。

江戸には、商家の者や勤番侍《きんばんざむらい》など上方《かみがた》からやってきた者は多いが、そのほとんどが納豆を食さないときく。腐れ豆と呼んで馬鹿にしている者も多いそうだ。

しかし、これが腐っているにおいだとは、文之介にはどうしても思えない。御飯をさらにおいしくする良薬のような働きをしているとしか感じられないのだ。

熱々の御飯の上に、辛子《からし》のきいた納豆がのっている。よだれが出そうだ。

文之介はがっつこうとして、お春の言葉を思いだし、とどまった。

あなたさまは所帯を持ち、もうよい大人なのですから子供のような召しあがり方はおやめください。

納豆はがっついたほうがずっとおいしいのはわかっているが、文之介にお春に逆らう気はない。自分たちにもいずれ子ができるだろう。親として、食べ方も子の手本になれるようにならなければならない。

早食いもやめるようにいわれている。

お役目柄、そうしないといけないのはよくわかっておりますけれど、もっとよく嚙《か》まないと体にかかる負担が大きくて、長生きできませんよ。

俺みてえなお調子者が早死にするとはとても思えねえんだが。

そうは考えるものの、今までの暮らしにおいて、お春の言葉にしたがったほうがよい目の出ることがほとんどだ。お春と結婚して以来、できるだけよく嚙むようにしている。

文之介は箸《はし》の先を使い、納豆と御飯を口に入れた。豆の一粒一粒を押し潰《つぶ》すようにじっくりと嚙む。大豆の旨みが口中にあふれ、だしのきいたたれとともに甘みのある御飯と混ざり合い、ため息が出そうだ。

こんなに美味で御飯とは最高の相性なのに、どうして腐れ豆などと呼ばれなければならないのか。上方にはおいしいものが一杯あるときくが、このうまさを解せないというのは、どうしたものか。

おいしいものに、江戸も上方もないはずだ。いずれ上方の者も、納豆のうまさに気づく日がやってくるにちがいなかった。

そうでも思わないと、いわれなき悪名を背負わされたようで、納豆がかわいそうでならない。

「お待ちどおさま」

お春が、漬物のたっぷり盛った皿を持ってきた。それを膳の横に置く。

「こいつはうまそうだ」

文之介はごくりと喉《のど》を鳴らした。皿の上には茄子《なす》と胡瓜《きゅうり》、大根、生姜《しょうが》、それになにやら白い漬物がのっている。胡瓜は古漬けのようで、生姜は味噌漬け、茄子と大根は浅漬けらしい。

白い漬物はなんなのか。どうやら粕漬《かすづ》けのようだが、これまで一度も目にしたことはない。

文之介はそれを箸でつまみあげた。

「なんだい、これは」

「食べてみて」

文之介は素直にしたがった。しゃりしゃりという食感だが、嚙むにつれて粘りけが出て、舌に絡む。同時に塩気も感じられるようになり、文之介は、がつがつと御飯を食べそうになった。

「山芋かあ」

叫ぶようにいうと、お春がうれしそうに笑う。

「ご名答」

「へえ、こいつはうまいなあ。なんで漬けてあるんだい」

「お塩と粕だけよ」

「えっ、そうなのか。それだけでこんなにうまくなるのか」

「ええ、そうよ」

お春が自慢げに鼻をうごめかす。

「塩を利かせた粕に二刻《ふたとき》ばかり漬けて、それを甕《かめ》に入れておいて十日ばかり置くだけなの。簡単だけど、おいしいでしょ」

「うん、すごくうまい」

文之介は、ほかの漬物も食した。生姜の味噌漬けは味噌の塩けとほのかな甘みが合わさり、生姜の辛さによく合っている。胡瓜は夏にとれたものをずっと漬けておいたようだが、味がしみこんでいて、胡瓜のうまさがよく引きだされていた。大根はこりこりしており、さわやかな味だった。どれも御飯は進んだ。箸がとまらなかった。

ただ、茄子だけはほとんど塩がきいておらず、食感もよくなかった。ぐにゃりとしていて、浅漬けのしゃきしゃきしたところがなかった。

「おいしくないの」

お春がきいてきた。

「いや、そんなことはないさ」

お春が自分の箸を使って茄子をつまむ。すぐに顔をしかめた。

「ごめんなさい。全然漬かっていないのを、だしてしまって」

「いや、かまわんさ。たまにはこんなこともある。弘法《こうぼう》も筆の誤りってところだな。気にせずともいい」

でも、といってお春が落ちこむ。

「全部、味見したの。味見した分には、こんなのはなかったのに」

「いいよ。気にするなって」

文之介は言葉を重ね、お春のつやのある頭をそっとなでた。効き目のよい薬をのんだようにお春がぱっと笑顔になる。

「ごめんね」

「いいんだよ。これからもお互いいろいろとしくじりを犯すだろうけど、それをかばい合ってゆくのが夫婦だからな」

ありがとう、とお春が静かに頭を下げる。白いうなじとそれに続く背中が見え、文之介はどきりとした。喉の奥がきゅんとなる。

しかし、ここでお春を抱き寄せるわけにはいかない。じき出仕である。遅刻なんてことになったら、いいわけが立たない。

文之介は大仰《おおぎょう》に空咳《からせき》をし、食べることに専念した。御飯を口に入れ、咀嚼《そしゃく》する。味噌汁をすする。これはやはり薄い。

「やっぱりおいしくないの」

ここで否定しても、どうせお春が残りをごくりとやるだろう。文之介は味噌汁の味を伝えた。

「そう、薄いの」

お春が悲しそうになる。

「いや、気にするな。これだってうまくできているんだ。好みの問題だよ」

「でも、妻だというのに、旦那《だんな》さまの好みのお味噌汁もつくれないだなんて……」

「いや、お春も知っての通り、俺の舌はほかの人とだいぶちがうからな。かなりおかしいんだ」

「それは確かにそうなんだけど、それでも、おいしいものは本当によくわかる舌をしているでしょ。やはり私は包丁に関しては駄目な女なんじゃないの」

「そんなことはないさ。お春は料理の天才だって」

「天才は薄い味噌汁や妙な味の漬物、ださないわ」

文之介がいえばいうほど、お春はしょんぼりとする。

文之介は脳裏を探ったが、お春を元気づける言葉は見つからなかった。こういうときは夫としての無力を感じる。こちらが落ちこみそうになる。

ただ、二人して同じ気分に陥っていても仕方ない。文之介は心中で息を入れ、気持ちを立て直した。

「お春、今日の朝餉《あさげ》はうまかった。新妻として十分に合格だ。今でもこれだけのものをつくれるのなら、一年後はとんでもない腕になっているさ」

「そうかしら」

お春は半信半疑の顔だ。

「まちがいないさ。俺を信じろ。俺が嘘《うそ》をついたこと、あったか」

お春がにこりとする。

「ないわ」

「つまりはそういうことさ」

「ありがとう、あなた。励ましてくれて」

「夫婦なんだから、当然だろう」

文之介は朝餉を食べ終え、茶を喫した。

「ふう、お茶もうまい。とてもいい塩梅《あんばい》に淹《い》れてある」

お春はにこにこしている。

「ああ、そうだ」

突然、声をあげた。

「どうした」

「あなたにいっておかなきゃならないことがあったの。忘れてたわ」

なんだい、と文之介は問うた。

「集まりがあるの」

どんな集まりかというと、幼なじみの一人が子を生んだから、親しい女同士で赤子を見に行こうというものなのだそうだ。

「誰が生んだんだい」

「あなた、ご存じかしら」

おさとという娘だそうだ。歳はお春と同じで、去年の今頃、小間物《こまもの》を扱う店に嫁いだのだという。

おさとという娘は知らない。顔を見ればわかるかもしれないが、名だけでは顔は思いだせなかった。

「集まりがあるのはいつだい」

「十日後よ」

まだだいぶあるが、お春はうきうきしている。

「楽しみだわ」

「俺も行きたいけど、女同士の集まりを邪魔しちゃ、悪いからな」

「どんな着物、着ていこうかしら」

文之介の声がきこえなかったようにお春がいう。文之介はびっくりした。

「えっ、だって会うのは幼なじみの娘たちばかりなんだろう。おしゃれなんて、してゆく必要はないんじゃないか」

今度はお春が、えっ、という表情になった。

「だって、恥ずかしい格好、していけないでしょ」

「そりゃそうだろうけど」

文之介は湯飲みを手に取り、傾けた。しかし空だった。

お春が急須《きゅうす》から入れてくれ、それを文之介は笑みを浮かべて飲み干したが、なんとなく気まずい雰囲気は残った。

二

文之介は首を傾け、幾度かひねった。

「まったくむずかしいものだよなあ」

「なにがですかい」

うしろからついてくる中間《ちゅうげん》の勇七《ゆうしち》が、背中に声をかける。

「さっきから何度か同じことを口にしているようですけど」

少し声がしわがれているようだが、気のせいだろうか。

「ようやっと勇七、興味を持ってくれたか」

文之介はくるりと顔だけをまわした。

「興味を持ったというより、旦那の熱意に負けたんですよ」

「熱意というより、俺のしつこさに負けたんだろう」

「まあ、そういうことになりますかね。旦那はちっこい頃からなかなかあきらめなかったですからねえ。今も、その決してあきらめようとしない気性が、探索に大きく役立っているのは疑いなしですからね。あっしはたいしたものだとつくづく思ってやすよ」

「そんなに俺のことをほめるなんざ、相変わらず正直な野郎だぜ」

文之介は勇七にわけを話した。

きき終えて勇七が眉《まゆ》をひそめる。軽く咳をした。

「な、勇七、女ってのは、おかしな生き物だろう」

「おかしなのは、旦那のほうですぜ」

勇七がずけりという。なんでだ、と文之介はきき返した。

「なぜ俺がおかしい」

「女心ってものを、まったく解していないからですよ。ああ、旦那、そろそろ前を向かないと危ないですよ。そこ、柱が」

文之介は、はっとして首を前に戻した。大店《おおだな》の幅広の庇《ひさし》を支える柱が間近に迫っていた。視野のなかで柱が寛永寺《かんえいじ》のもののように太くなってゆく。

「おっと、危ねえ」

文之介はぎりぎりでよけた。眉根を寄せた顔を、すぐに勇七に向ける。

「俺が女心を解していないだって。確かに得意とはいえねえが、まったくってことはねえと思うぞ。勇七、わけをいえ」

口をひらこうとして、勇七が少し咳《せ》きこんだ。すみません、と謝る。

「風邪か」

「ええ、ちょっと。引きはじめってところですかね」

「このところ急に涼しくなってきやがったからなあ。あんなに暑かったのが嘘みてえな天気だ。大丈夫か。無理しなくてもいいぞ。でっけえ事件も今のところねえし」

「あっしは大丈夫ですよ。はやっているようだから、旦那も気をつけてくださいね」

「俺も大丈夫だ。風邪なんて、ここ何年も引いてねえ」

そうでしたね、と勇七がうらやましそうにいった。

「なんだ、馬鹿《ばか》は風邪を引かねえっていいたげだな」

「とんでもない。丈夫というのは、何物にも代えがたいですから、あっしも旦那にあやかりたいくらいですよ」

勇七が、けほけほと咳をする。

「やっぱり休んだほうがよくねえか」

「いいえ、本当にへっちゃらですから」

勇七がしゃきっとしてみせる。

「旦那は新婚ですよね」

先ほどの女心についての続きだ。ああ、と文之介はうなずいた。

「一緒になって、まだ半年くらいしかたっていませんよね。新婚といえば、匂《にお》い立つような美しさと輝くような肌の色。それに、華やかさと甘やかさ。そういうものが一体になって醸《かも》しだす雰囲気がありますよねえ」

「ああ、その通りだ」

お春は、新妻のたおやかさというべきものを身につけている。一緒になる前はなかったものだ。

「赤子を見に行く集まりといっても、皆さん、お春ちゃんが幸せなのか、控えめな眼差しながらもじっと観察するでしょう」

女同士ならきっとそういうものだろうな、と文之介は思った。前を向き、あたりに目を配りながら歩を進ませる。

勇七が静かな口調で続ける。声には熱意がこもっていた。

「そういう集まりに、おしゃれもせずに行けるわけ、ないでしょう。どんなに幸せな雰囲気を醸しだしていても、誰もそういうふうに見ませんよ。おしゃれをしないと、台なしってもんです。大店の三増屋さんから御番所《ごばんしょ》の貧乏同心に嫁いで、お春ちゃんてとっても苦労しているのね、って皆さんに思われるのが落ちですよ。そんなのはお春ちゃんにとっても心外でしょうし、皆さんにそう思われたら、なにより旦那に恥をかかせることにもなるわけですからね」

「なるほど、そういうことか」

文之介は納得がいった。確かに考えが足りなかった。勇七のいう通りだ。

「旦那、わかりましたかい」

「ああ、よくわかった」

文之介は確信の声で答えた。

勇七がにこりとする。

「勇七、なに笑ってやがんだ」

「いえ、相変わらず素直だなあって思いましてね。旦那は、ちっちゃい頃からまったく変わっていませんや」

「そうかな」

文之介は首をひねった。

「大人になって、ずいぶんひねくれたと思うんだけどな」

「そんなこと、ありゃしませんて」

勇七が真顔で否定する。

「旦那はあの頃のままですよ」

「あの頃ってどの頃だ」

「どの頃でもいいんですけどね」

勇七がなにかを思いだしたような顔つきになった。

「あれは、まだあっしらが六つか七つだったですかねえ」

「ふーん、ずいぶんと昔のことだな。勇七、その頃にいってえどんなことがあったというんだ」

勇七が少し早足になり、ほんのわずかだけ近づいてきた。目が潤んでいるように見えるが、やはり風邪のせいで熱があるのか。

「旦那は、玉蔵《たまぞう》のやつを覚えていますかい」

喉に痰《たん》が絡んだか、軽く咳払いして勇七がきく。

「玉蔵か。よく覚えているさ。嘘がなかなかうめえやつだった」

「なかなかなんてもんじゃありませんよ。息をするも同然に嘘をつく男でしたよ」

ああ、そうだったかもしれねえな、と文之介は玉蔵の顔を脳裏に引き寄せて思った。

細長い輪郭《りんかく》に丸い鼻、小さな耳。唇《くちびる》の左側がめくれあがるように曲がっていた。父親が錺《かざり》職人で、母親はとうにいなかった。父親に離縁状を書かせ、出ていったときいた。離縁状をもらっていったのは、これがあれば再婚ができるからだ。

「玉蔵が、妙なばあさんを見たって話をしてきたのを覚えてますかい」

勇七が問いを続ける。

「ああ、覚えている。どこだったかな、行徳河岸《ぎょうとくがし》近くの路地だったか」

「その通りですよ。狭くて磯臭《いそくさ》い路地でしたね。その路地で玉蔵は、目が猫のように光り、犬のような牙《きば》を持つばあさんを見たっていったんですよ」

「ああ、そうだったな」

文之介は完全に思いだした。

「玉蔵はそんなばあさんを見たって、いい張ったんだったな」

「さいですよ。仲間たちはみんな、また嘘をついていると思ってましたね。いつもの与太話《よたばなし》だって。しかし、旦那だけは信じたんですよねえ」

「ああ、あのときの玉蔵は嘘をついているときの顔じゃなかった。目がなんか、ちがったんだよなあ。どこか恐ろしげな光を帯びていたというのか」

勇七が不思議そうに首を振る。

「あっしには、そんな光なんて、見えなかったんですよ。だから、どうして見に行こうって旦那があっしを誘うのか、さっぱりわからなかった」

「あのときだけは本当のことをいっているって、確信があったんだ。今でもどうしてあんな光を玉蔵の瞳《ひとみ》に見たのか、わからねえんだけどな」

「結局あっしは旦那の熱意に負けて、路地に行くことになったんですけど」

「そんな妙なばあさん、全然出てこなかったなあ」

「ええ、あっしは旦那の誘いに乗っちまったことを後悔しましたね。日が暮れてずいぶんたって、おっかさんにこっぴどく叱《しか》られるのは見え見えでしたからねえ」

「俺も家人に心配をかけるのがいやだった。二刻ばかり待ってあきらめて帰ろうとしたとき、ばあさん、いきなり姿を見せたんだよな」

「ええ、箒《ほうき》を手にしていましたねえ。いきなり、ばさっばさって音が横合いからきこえてきましたから、あっしは肝《きも》が縮みあがりましたよ」

勇七がまた咳をする。軽いもので、すぐにおさまった。

「あれは、路地に一杯に散った枯葉を掃いていたんだな。あのときゃあ、俺も驚いた。逃げだしそうになったけど、なんとか踏ん張った。踏ん張ったというより、ただ腰が抜けていたのかもしれねえ」

少し汗をかいた顔で勇七が深くうなずく。

「あっしは足がくがくしましたよ。本当に両目がぎらりって光るんですからねえ」

「歯も牙みてえになっていた。もっとも、犬ほどではなかったな。両脇《りょうわき》の前歯が人よりもかなり長いって感じだったのは確かだが、あれはただの生まれつきだな」

「しかし、あのおばあさんはどうして目が光ったんでしたっけ」

「なんだ、勇七、忘れちまったのか」

文之介は笑いかけた。

「ばあさん、俺が勇気を振りしぼってきいたら、意外にかわいらしい笑みを浮かべて教えてくれたじゃねえか」

「そうでしたっけ」

「あのばあさんは目が悪くて、たっぷりと目に膏薬《こうやく》を塗っていたんだ。まぶたまであんなに厚く塗りたくらなくても効き目はあるはずなんだが、年寄りってのは、薬はたくさん飲んだり、多めに塗ったほうが効き目が強いって思っちまうもんなんだ。別に年寄りでなくても、そういうふうにしたがる者は多いよな。俺もその一人なんだけどさ。俺もつい風邪薬なんか、がぶっと飲んじまう」

まったくその通りですねえ、と勇七が同意を示す。

「あっしも同じですよ。それにしてもあのおばあさん、どうしてあんなにとっぷりと日の暮れたときに、一人、枯葉を掃いていたんでしたっけ」

文之介は勇七に目を当てた。少し熱があるような顔に変わりはない。

「あれも目が悪いせいさ。昼間、日に当たると目によくないって医者にいわれていて、外に出なかったたって話だったぞ」

「ほう、さいでしたかい。旦那、よく覚えていますねえ」

文之介はくすっと笑いを漏らした。心のなかで勇七に語りかける。

おめえだって、ちゃんと覚えているはずなんだ。ただ、俺に花を持たせただけのことじゃねえか。

「しかし、勇七、どうしてこんな昔のことを話すんだ。別に俺の素直さとは関係ねえだろう」

勇七が首を横に振る。頭が痛いのか、わずかに顔をしかめた。

「関係ありますよ。旦那が人並み外れて素直だからこそ、ほかの誰も見えなかったものが見えたんでしょうからね」

「見えなかったものってなんだ」

「玉蔵の瞳に宿った光ですよ」

「ああ、あれか。あのときは本当に見えたんだよな」

「嘘ばかりついていた玉蔵が初めていった本当の言葉を見抜けたのは、旦那が図抜けて素直だからでしょう。あまり人を疑うことを知らないですからねえ。考えてみると、たいてい玉蔵の言葉を真に受けていましたねえ。瞳の光なんて、関係なかったんじゃないですかい」

「そうかもしれねえ。しかし勇七、大人になったことをそんなにほめられても、あまり素直に喜べねえな。犬なんか、心の赴くままに喜んだり、悲しんだり、はしゃいだり、しょんぼりしたりするよな。あいつらも素直といえば素直だろう。俺はあいつらと同じなんじゃねえか」

勇七が目尻《めじり》のしわを深めて苦笑する。

「いくらなんでも、旦那は犬とはちがいますよ。ちゃんと頭で考えるってことも知っていますし、気持ちを抑えつけることも心得ていますから。あっしも犬は大好きで、とてもかわいいと思いますけど、旦那とは大ちがいですよ」

文之介はにらみつけた。勇七が戸惑いの表情になる。

「なにか気に障《さわ》ること、いいましたかい」

「勇七、おめえ、今こう続けようとしただろう。旦那は少なくとも犬よりは頭がいい」

とんでもない、と勇七が両手を振る。

「あっしが旦那にそんな失礼なこと、いうわけないじゃないですか」

「どうだかな。おめえはちっこい頃から口が悪かった」

「昔はそうだったかもしれませんけど、今はちがいますよ」

ふん、と文之介は鼻を鳴らした。

「まあ、そういうことにしておくか」

しっかり前を向いて歩きだした。ふう、と勇七が息をつく。

「相変わらず勘だけはいいんだよな。ときおりびっくりさせられるのは、昔とちっとも変わってないや」

文之介は鋭く振り返った。

「勇七、なにかいったか」

「いえ、なにも」

「なにか、ぶつぶついってたように思ったんだが」

「人間、独り言をいうようになったら、おしまいらしいですから、あっしはそういうふうにならないように常に気をつけています」

「ふーん、そうか。独り言をいうようになったら、おしまいか。俺も気をつけることにしよう。——しかし勇七、玉蔵のやつ、なにをしているのかなあ。元気にしているのかな。みんなとはちっちゃい頃、あんなに遊んだのに、大人になると、なかなか会わねえもんだなあ」

「まったくですねえ。玉蔵なら消息を一度だけきいたことがありますけど、確か、どこぞの武家屋敷に中間奉公しているって話でしたね」

「中間奉公か。勇七、それをきいたのは、いつのことだい」

「もうだいぶ前ですねえ。三、四年も前のことですね。玉蔵のやつ、あれで剣の腕がたいしたものだったようですよ」

「町の剣術道場にでも通っていたのか」

「ええ、そうらしいですね」

「そうか。今も、中間奉公を続けているのかな」

「そうかもしれませんねえ。一度、渡りの味を知ると、なかなか抜けだせないそうですから」

「元気でいてくれたら、それでいいさ。生きていれば、また会える。——それにしても勇七、実にいい天気だなあ。暑くもなく寒くもなし」

文之介は歩きながら、天に向かって両手を伸ばした。

透き通るように青い空が、頭上一杯に広がっている。高いところにある雲は、すっきりとした筋を描き、陽射《ひざ》しを浴びて白く輝いている。低い雲は綿のようにふわふわとしたものがいくつか寄り集まって群れをなし、ゆっくりと北へ動いていた。どの雲も風の影響なのか、帆を掲げているように見える。

「なにかまるで船団を組んでるみてえだな。そうは思わねえか、勇七」

「ええ、風を帆に目一杯に受けて、これから長い航海に出るような風情《ふぜい》ですね」

文之介は微笑した。

「勇七にしちゃあ、なかなかいいこと、いうじゃねえか」

「あっしにしちゃあ、というのがちと引っかかりますけど、ほめ言葉と受け取っておきますよ」

「おう、受け取っておけ。なんでも素直に受け取っておくのが、楽ちんでいい。気楽に生きられたら、それがなんといっても一番だものなあ」

文之介と勇七はそのまま縄張内の町廻《まちまわ》りを続けた。勇七はときおり咳をしている。頭はそんなに痛くないようだ。

「勇七、今日は早じまいにしよう。ゆっくり休んでくれ」

夕焼けの空を眺めて文之介はいった。

「へい、ありがとうございます」

江戸の町はまさに天下太平といった佇《たたず》まいで、侍、町人を問わず、誰もが平和そのものという顔つきで行きかっている。このところ大きな事件は起きていない。

ときおり、こそ泥やひったくり、かっぱらいなどはあるが、手配書を各町の自身番《じしんばん》にまわせば、ほんの二、三日で下手人があがってくる。どの町でも、自分たちの町は自分たちの手で守るんだという思いが徹底されているのである。

このままずっと平穏が続いてくれればいいんだが。

文之介は、形を崩しつつ北へと流れてゆく橙《だいだい》色の雲を見やって思った。

だが、たいていの場合、こんな穏やかな日々は長続きせず、必ずなにか大きな事件が起きるものだということは、これまでの経験からわかっている。

今は、嵐の前の静けさといってよかった。

三

盤面をにらみつけながら、顎《あご》をそっとなでた。

剃《そ》り残しが見つかった。しくじった。毎朝のことで、ひげ剃りは得手《えて》なのだが、このあたりも少し歳を取ったということになろうか。

いや、とんでもない。まだまだわしは若い。こんなのはたまたまにすぎぬ。

丈右衛門は指先でつまみ、ひげを引っこ抜こうとした。だが、ひげが短いせいでうまくいかない。

「抜いてあげましょうか」

目の前に座るおぐんがにこにこして申し出る。丈右衛門はにやりとした。

「敵の情けを受けるわけにはいかぬゆえ、ごめんこうむる」

「敵の情けだなんて大仰ねえ」

おぐんが小さく首を振る。すこしたるんだ顎の肉が揺れ、首に刻まれた横じわがくっきりと見えた。

「たかが将棋じゃないの」

「将棋といえども、勝負がかかっているゆえ、おぐんさんは敵だ」

おぐんがしげしげとみつめる。目尻と口の横のしわが特に濃い。歳はきいていないが、とうに六十はすぎているだろう。ただ、黒目がきらきらして、若い娘のような光が常にたたえられている。これは、好奇の心の強さをあらわしているにちがいない。

「丈右衛門さん、小さな頃から負けず嫌いだったでしょ」

丈右衛門は大きく顎を動かした。

「それはもう。じゃんけんでも負けるのは大嫌いだったな」

「そういう人、いるのよねえ。勝負と名がつくものはすべて勝ちに行こうとする人。江戸には多いわねえ。というより、江戸っ子のほとんどがそうだわ」

「やる以上、勝負は勝たなければ意味がないからな」

おぐんが口に手を当て、くすりと笑う。歯並びがよく、ときおり歯が白く輝くことがある。そのあたりはほとんど歳を感じさせない。歯が丈夫なのは、元気の証《あかし》だろう。

「だったら、二度続けて負けて、よほど悔しいんでしょうね」

おぐんにいわれ、丈右衛門はぐっと唇を嚙み締めた。

「今度こそ勝たせていただこう」

ふふ、とおぐんが余裕の笑みを漏《も》らす。

「思い通りにならないのが、勝負というものよ」

「いや、今度こそは大丈夫だ」

丈右衛門は盤面に真剣な目を当てた。

「この形勢なら、このまま押し切れる」

「あら、自信があるのね」

「それはそうだ」

丈右衛門はおぐんに顔を向けた。

「せっかくお足《あし》をいただいて相手をさせてもらっているのに、これまでの二度は、ていたらくとしかいいようのない姿をお見せしてしまった。わしとしては、まことに申しわけない気持ちで一杯だ。こたびは勝たしてもらわぬと、おぐんさんに申しわけが立たぬ」

八丁堀《はっちょうぼり》の組屋敷《くみやしき》を妻のお知佳、娘のお勢《せい》とともに出た丈右衛門は深川富久町《ふかがわとみひさちょう》で家を借り、暮らしはじめた。日々の費《つい》えを得るために、なんでも屋のような仕事をはじめたのだが、今回は、おぐんというばあさんの将棋の相手が仕事だった。

おとといの夜、丈右衛門が犬のお守りという三文《さんもん》仕事から帰ったとき、おぐん自ら訪ねてきて、仕事の依頼をしていったのである。暇で仕方ないから将棋の相手をしてもらいたいというものだった。

将棋の相手という仕事だから賃銀はたいしたことはなく、日に三十文だ。丈右衛門としては、たいした稼ぎにならずとも好きな将棋をして金になるならこんなによいことはないと思っていたのだが、おぐんは予期していた以上に強かった。

丈右衛門も八丁堀ではかなりの指し手として知られていたが、その自信など、これまでの二度の勝負で木端微塵《こっぱみじん》にされている。八丁堀という、狭い井戸のなかにいたにすぎないのが骨身にしみてわかった。

「いえ、丈右衛門さん、別に負け続けもらってかまわないのよ」

おぐんがあっさりといってのける。

「丈右衛門さんのことは、久しぶりに歯応《はごた》えのある相手だと思っているから。私は楽しませてもらえれば、それで十分なの」

「しかし、歯応えがあるといっても、歯が立たぬ相手ではすぐに飽《あ》きられよう。やはり、ここは勝たせていただこう」

おぐんが目尻のしわを深めて笑う。

「負けず嫌いってのは、まったくいろんな言辞を考えるものだわね」

「とにかく今回は勝たせていただく」

「そう。でも、丈右衛門さん、今回も無理かもよ」

むっ、と丈右衛門は盤面を見直した。仇《かたき》のようににらみつける。糸のほつれのようなものを見逃していないか。

じっくりと子細に見たが、そのようなものは見当たらなかった。今回は盤石の形勢といってよい。ここから引っ繰り返されるようなことはまずあるまい。

「わしの動揺を誘うおつもりかな」

おぐんがにこりとする。

「私にそんな策、必要ないわ」

自信たっぷりにいう。おぐんの取った駒は、白扇子の上に置かれている。丈右衛門は四つ折りにした半紙の上に置いている。この時代、駒台というものはまだ存在しない。

不意に赤子の泣き声が響き渡った。おぐんがはっとしてそちらに顔を向ける。

「おしめかしら」

ごめんなさいね、といっておぐんが立ちあがる。赤子はおぐんのすぐ横で、小さな布《ふ》団《とん》にくるまれて横になっている。

勝負に入る前におぐんがおしめを替えていたが、そろそろ濡《ぬ》らしてもおかしくはない頃合いである。

「ああ、やっぱりそうだ。――ごめんなさいね、気がつかなくて」

おぐんが赤子のおしめを替える。見ていて、ほれぼれとする手際だ。丈右衛門もお勢のおしめを数え切れないほど替えたが、おぐんの腕前には遠く及ばない。

満足したようで、赤子は気持ちよさげに目を閉じた。すやすやと安らかな寝息を立てはじめる。

「かわいいわねえ」

おぐんがにっこりとして、赤子の頰《ほお》を指先でそっとつつく。つきたての餅《もち》のようなやわらかさが、丈右衛門にも見て取れた。

勝負の前におぐんにたずねたのだが、名は喜吉《よしきち》である。生まれたのは、ほんの二月ばかり前とのことだ。

おぐんは将棋のことなど忘れてしまったかのように、喜吉に見入っている。とろけるような笑みを浮かべていた。

「私の宝物よ」

喜吉にささやきかける。

「病になどならないでね」

「乳はどうしているのかな」

丈右衛門はきいた。おぐんは喜吉から目をあげない。

「ああ、その辺は問題ないの。このあたりには、乳がたっぷりと出る女の人、いくらでもいるから」

丈右衛門は思いだした。おぐんのこの家も深川富久町にあるが、確かにこの近辺には赤子を生んだばかりの母親が何人もいる。

富久町だけでなく、江戸で暮らしていて、赤子が乳に事欠くことはまずない。赤子は町内のみんなで育てるものという思いを誰もが持っており、乳をもらうのは味噌や醤油を借りるよりもたやすい。

「丈右衛門さんを叩《たた》き潰してくるからね。ちょっと待っててね」

喜吉に語りかけてから、おぐんが将棋盤の前に戻ってきた。姿勢をよくして座り、白扇子に手を伸ばす。

ためらいなくつかんだのは歩《ふ》である。それを丈右衛門の角の前に静かに置いた。喜吉を起こしたくないというより、どうやらこういう駒の打ち方が体にしみついている感じがした。

口をぎゅっと引き締めて、丈右衛門は歩を凝視した。どう見ても、変哲のない手にしか思えない。これになにか意味があるのか。腕組みをし、丈右衛門は六手ばかり先まで読んでみた。

ふーむ、わからぬ。

丈右衛門は、この手の意味を解することができなかった。

しかし、強者であるおぐんが意味のない手を打ってくるはずがなかった。不気味なものを感じた。こういうふうに感ずること自体、おぐんの術中にはまっているのかもしれない。

角をただでやるわけにはいかず、丈右衛門は斜めに動かした。

その頭に、また歩が打たれた。これもまったく考えていない手だった。丈右衛門は再び角を動かそうとして、とどまった。

「あれ」

知らず声が出た。しまった。角の逃げ道をふさがれた。角をどこにやろうが、必ず角は取られてしまうのがわかった。こんな初歩の手に引っかかってしまうとは、どうかしている。

だが、あわてることはない。丈右衛門は思い直した。おぐんの飛車がほぼ裸でいる。斜め頭に、持ち駒の金を打ってやればいい。これで飛車と角の交換ができる。

丈右衛門は冷静にその手を用いた。

「思い通りに動いてくれるから、丈右衛門さん、ほんと、好きよ」

なんだって。

おぐんの手が飛車をつまみ、すうと左に動いた。飛車は王将の正面に来た。王将のまわりはがっちりとかためてある。当面、破られる心配はない。そのはずだったが、いつしかおぐんの角も王将の筋を狙《ねら》っていることに丈右衛門は気づいた。

——まさか。

やはり、角だけではなかった。丈右衛門は、おぐん側のいくつの駒が王将を狙っているか、数えてみた。

足りぬ。

ほとんどなにも考えずに持ち駒の金を使ってしまったために、王将の防御が一手分、薄くなってしまっている。飛車の斜め頭に打った金を王将のそばに置いておけば、手が足りなくなるようなことはなかった。

おぐんの攻撃がいかに分厚くとも、確実に守りきっていたはずだ。おぐんは攻め手を失っていただろう。そこからじっくりと攻めてゆけば、おぐんは力尽き、丈右衛門はまちがいなく勝っていた。

くそう、やられた。

だが、まだ敗北が決まったわけではない。ここは徹底して戦い抜くまでだ。

しかし、丈右衛門の決意もはかないものに終わった。おぐんの打つ手は完璧《かんぺき》で、まったくほころびを見せなかった。丈右衛門は徐々に追いつめられ、やがて王手をかけられた。王に逃げ場はなかった。

「まいった」

これしか口にする言葉はなかった。

ふう、とおぐんが息をつく。うれしいというより、ほっとした表情だ。一仕事終えたような充実の思いが顔にあらわれている。

「今回は丈右衛門さん、かなり手こずらせたわね」

丈右衛門はうなり声をあげた。

「あの金が狙いだったとは、気づかなかった。迂闊《うかつ》だった」

「でも、次はもう引っかからないでしょ。丈右衛門さん、もっと手強《てごわ》くなるわ。明日が楽しみだわ」

丈右衛門は、えっと思った。

「今日はもう終わりよ。三番も真剣勝負をして、私も疲れたもの。おかげで今晩はぐっすり眠れそうよ。それに、この子のおなかを満たしてあげないと」

おぐんが懐《ふところ》をごそごそやり、大きめの紙包みを取りだした。

「はい、これが今日のお代」

手渡してきた。

「かたじけない」

丈右衛門は遠慮なく受け取った。ちょっとした重みがある。財布をだし、そのなかに落としこむ。

「確かめなくていいの」

「信用しているゆえ」

「でも、あとで足りないなんてことになるのはいやだから、ここで勘定してみて」

承知した、といって丈右衛門は紙包みを手にし、小さな結び目をほどいた。紐《ひも》でつながれた一文銭の束が出てきた。丈右衛門はしっかりと数えていった。

「確かに三十文、いただいた」

紙包みに入れ、それを再び財布にしまいこんだ。おぐんは裕福そうとはいえないが、暮らしに困っている感じはない。蓄えはそこそこある様子だ。

「明日は何時に来ればよろしいかな」

「今日と同じでお願いします」

「ならば、今日と同様、また五つ半にお邪魔させていただく」

「よろしくお願いします」

おぐんがていねいに頭を下げてきた。

「こちらこそ痛み入る」

丈右衛門は丁重に頭を下げ返した。

「丈右衛門さんて、本当はもっと強いんじゃないかしら」

おぐんが唐突にいう。

「将棋のことかな」

「今日は、なにか気がかりでもあったんじゃないかしら。心ここにあらず、というところがちらりと見えることがあったし」

丈右衛門は顔をしかめた。驚きとともにたずねる。

「それはまことかな」

ええ、とおぐんが言葉少なに答える。

「それはいかん。お客に対し、そんな思いを抱かせたなど、しくじり以外のなにものでもない」

「いいのよ」

そこいらの長屋の女房のように、おぐんが大きく手を振った。

「たかが将棋じゃない。それに、とてもおもしろかったし」

「そうは申しても」

おぐんがわずかに身を乗りだす。目が生き生きしている。

「ねえ、どんな気がかりがあるの」

丈右衛門はむずかしい顔をした。

「お客にいうわけには」

「いいじゃないの。丈右衛門さんより私のほうがずっと上よ。薬のようによく効く助言をしてあげられるかもしれないわ」

丈右衛門は下を向き、考えこんだ。

「ご内儀のことじゃないの」

丈右衛門は顔をあげた。

「当たったのね」

「よくわかるものだ」

「たやすいことよ。殿方の悩みのほとんどは、おなごのことだもの。丈右衛門さんは身なりからして、ちゃんとしたご内儀がいることはわかるわ。独り身の人はどんなにしっかりしていても、どこか着物が崩れていたりするから」

なるほど、そういうものかもしれぬ、と丈右衛門は思った。

「丈右衛門さんはどう見ても浮気なんかしそうじゃないから、悩みがおなごのことだとしても、ご内儀以外のおなごのことで悩むはずがない」

そうか、そういうふうに他人からは見えるのか。浮気をしそうにない男というのは、女の人から見てどうなのだろう。浮気も甲斐性《かいしょう》のうちなどといわれるが、つまらない男ということはないのか。

「だから、ご内儀のことじゃないのってきいたのよ」

「たいしたものだ」

丈右衛門は心からほめた。

「そんなの、当たり前よ。私だけじゃなくて、江戸の人たちはみんな、そう思っているわ。あれも世襲じゃなく、いろいろな人がなれるように募ればいいのに」

町方の役人は表向きは一代限りのお抱えということになっているが、ほぼ確実に息子がその跡を継ぐから、内実は世襲といって差し支えない。

「ねえ、丈右衛門さん。それで、ご内儀のなにを悩んでいたの」

「いや、たいしたことではないのだが」

「早くいいなさいよ」

ああ、と丈右衛門は顎を引いた。

「こちらにまいる前のことだ。なにかをいいたかったらしいのだが、妻はもじもじしていた」

おぐんが丈右衛門をじっと見る。ふつうの者ならたじろいでもおかしくない、強い目の光である。

「丈右衛門さん、ご内儀はお若いの」

「ああ、だいぶ歳は離れている。三十ほど差があるな。娘といってもなんらおかしくない年齢だ」

「そう。なら、まちがいないわね」

「町方《まちかた》もつとまる」

「なにがまちがいないのかな」

おぐんがあっけに取られる。

「丈右衛門さん、ご内儀がなにをいいたいのか、本当にわからないの」

「ああ、わからぬ」

簡単にいって丈右衛門は、はっとした。

「まさか」

おぐんがにこりとする。

「私は、そのまさかだと思うわ」

「子が……」

「ええ、だからご内儀が若いか、きいたの。失礼だけど、丈右衛門さんと似たような歳じゃあ、子ができるなんてこと、いくらなんでも無理だものね」

「そうか、ややこができたか」

丈右衛門は、うれしさがじんわりと心ににじみだしてきたのを感じた。

「しかし、どうしてはっきりといわなかったのかな」

またおぐんが丈右衛門を見つめている。

「ご内儀とは歳が三十ほど離れているといったけど、丈右衛門さん、初めての結婚じゃないわね」

なった。

「ああ、前の妻とは死別した」

前の妻の面影がちらりと脳裏をよぎる。前にくらべ、胸がきゅんとするのはだいぶ軽くなった。

「連れ子は」

「妻には幼い娘が一人いる。わしのほうは娘とせがれが一人ずつだが、娘はとうに縁づいているし、せがれもこのあいだ嫁を迎えたばかりだ」

「そうなると、ご内儀はやっぱり照れくさかったのね。それと、まだ身ごもったかどうか、自分でもはっきりとはわかっていないのかもしれないわ」

なるほど、と丈右衛門はいった。

「今日、帰ったら、きっと教えてくれるわ」

「そうか。ならば、気がつかない顔をしておこう」

おぐんがあたたかな笑みを頬に刻む。

「それがいいわ」

丈右衛門はちらりと赤子に目を向けた。

「喜吉ちゃん、かわいいな。まだ二月か。これからどんどん大きくなってゆくな」

「ええ、なんとか無事に育ってくれればいいけど」

なんといっても、赤子はあっけなく死んでしまうことが多いのだ。赤子だけでなく子供はせっかく生んで育てても、七つまでに天に命を召しあげられてしまうことがなんら珍しくない。

これは七つまでは魂がしっかりと定まっていないからといわれる。七つまで生きて、ようやく魂が落ち着き、人として認められることになるのである。

「私の大事な孫よ」

おぐんが喜吉を見つめて、そっとつぶやいた。目を転じ、丈右衛門を見る。

「親は、というお顔ね」

「その通りだ」

丈右衛門は素直に認めた。

「二人とも死んじまったのよ」

「えっ、二親ともにか……」

「ええ、火事でね」

ため息とともにいう。

「この子は私が預かっていたから、無事だったの。娘たちは夫婦水入らずでいるとき、隣から火が出て……」

言葉を途切れさせた。おぐんは目頭を押さえている。やがて、嗚咽《おえつ》しはじめた。

……気の毒に。

丈右衛門にはその思いしかなかった。ようやく赤子を生み、これから親子三人での新たな暮らしがはじまるというときの悲劇である。死から逃れられないとわかったとき、夫婦の脳裏に浮かんだのは、我が子の顔だったのだろうか。無念だっただろう。もう一度、会いたかっただろう。

かわいそうでならない。自分に当てはめれば、文之介たちに子ができ、その子を預かっているとき、文之介とお春を同時に失うようなものだ。しかも隣家からの火というから、やりきれない。

「あら、丈右衛門さん」

おぐんが驚きの声をあげた。

おぐんの眼差しは、丈右衛門の目に当てられている。目尻が濡れているのに、丈右衛門は気づいた。

「これは」

丈右衛門は指先で涙をぬぐった。それを見て、おぐんがほほえむ。

「丈右衛門さんて、やさしいのね」

「いや、そうでもないが。最近は涙もろくなって、かなわぬ」

「歳を取ると、誰でもそうよ」

おぐんがまじまじと見る。

「でも、丈右衛門さんは若い頃から涙もろかったんじゃないの」

「どうだったかな。忘れた」

丈右衛門は、おぐんに真剣な目を向けた。

「とても気の毒で、言葉もない」

「ありがとう、丈右衛門さん。そういってもらえるだけで、心が安まるわ」

その言葉に嘘はなさそうだ。まだ目は赤いが、おぐんは平静さを取り戻している。娘夫婦を失ったばかりの頃は、取り乱したこともあったのだろうが、今はもうだいぶ落ち着いてきている様子だ。心を癒《いや》す最大の良薬がときだというのは、長い同心生活でよくわかっている。

「今はこの子だけが私の生き甲斐よ。この子だけでも助かってよかった」

おぐんが喜吉に目をやって、しみじみといった。喜吉は孫だが、おぐんは母親そのものという表情をしている。

四

咳がとまらない。

「大丈夫」

お春が案じる。

「ああ、大丈夫だ」

再び廊下を歩きだし、文之介は玄関にやってきた。咳はとまったが、体が少しだるい。

いきなりくしゃみが出た。

「やっぱり風邪ね」

お春が決めつけるようにいう。

「馬鹿いえ。俺は風邪なんか、ここ何年も引いてねえ」

お春がその言葉にかまわず、文之介の額に手を当てる。

「あら、あまりないわね」

「当たり前だ。俺は風邪なんか、引いてねえからな」

「でも、その咳は風邪でしょ。鼻水も出てるし、くしゃみはさっきからずっとだし」

「くしゃみは誰かが俺の噂《うわさ》をしてるんだ。なにしろ人気者だからな」

「鼻水は」

「鼻水はちっちゃい頃からずっとだ。洟垂れ小僧と呼ばれていたんだからな」

お春が苦笑する。

「そんな胸を張るようなことじゃ、ないでしょう」

「とにかく俺は大丈夫だ」

「風邪って命を落とす人がたくさんいるんだから、甘く見ちゃ駄目よ」

「もちろんだ。甘くなんか見ちゃいねえよ。だから、お春がだしてくれた生姜汁だって飲んだじゃねえか」

古来、にんにく、にら、生姜の三つが風邪によく効くといわれている。

「あなた一人の体じゃないんだから。わかっているの」

文之介は真摯《しんし》な目でお春を見た。

「よくわかっている」

「そう、いい子ね」

「また幼子のような扱いしやがって」

「だって、あなた、ずっとちっちゃい頃のまんまなんだもの」

「そんなことがあるか。俺はもう立派な大人だぞ」

はいはい、とお春が笑顔でいう。

「わかりましたよ。あなたはもう立派な大人ですよ。体もぐっと大きくなったし」

「わかりゃあいいんだ」

文之介は雪駄《せった》を履《は》こうとした。

「でも、心はいつまでたっても小さな頃のままね」

文之介は素早く振り返り、お春に目を向けた。

「今なにかいったか」

お春がかぶりを振る。

「なにも」

「そうか」

文之介は考えこんだ。

「このところ、幻の声ばかりきくんだよな。耳がおかしいのかな。医者に行ったほうがいいかな」

「行ったほうがいいわ。でも、それは風邪を診《み》てもらうためよ」

「それならいい。医者は昔からきれえだ」

ふう、とお春が息をつく。

「もう、人のいうこと、全然きかないんだから」

「そんなことはないさ。俺はお春のことを母上のように思うことがある。ちゃんときいていると思うんだけどな」

「たいていきいてないわよ」

そうか、と文之介はお春を見つめていった。

「それなら、次からは気をつけることにするよ」

「ありがとう」

お春が明るい声でいった。

「ああ、お春。今度のみんなでの集まりな、目一杯おしゃれをして行けよ。自分がどれだけ幸せか、みんなに見せつけてやるんだ。わかったか」

「どういう風の吹きまわしなの。昨日と全然いうことがちがうじゃない」

「まあ、いろいろあったんだ」

勇七にいわれただろうことは、お春にはたやすく想像がついたはずだ。

「わかったわ、一番いい着物を着て、行くことにするわね」

「うん、そうしろ」

文之介はお春の口を吸いたくなった。だが、そんなことをしたら、それだけではすまないのではないか。遅刻は必至だ。なんとかその気持ちをやりすごした。

文之介は懐に十手《じって》が大事にしまってあるのを確かめてから、玄関を出た。敷石を踏んで歩きだす。うしろをお春がついてくる。

そのとき、あけ放たれた木戸を勢いよく入ってきた影があった。文之介を見て、あっと声を放った。あわててとまろうとしたが、敷石の上で足を滑らせた。

文之介はお春をかばいながら、横にさっとよけた。同時に、尻餅をつきそうになった男に向かって手を伸ばし、つかんだ腕をぐいっと引っぱった。男はそれで尻餅をつかずにすんだ。

「ありがとうございます」

男がほっとしていう。猿のような顔をしており、身ごなしも小まわりがきいてとても素早い。

「善三《ぜんぞう》じゃねえか」

南町《みなみまち》奉行所の小者《こもの》である。文之介たちへの急ぎの知らせのときなどに、よく使われる男だ。

「はい、御牧《みまき》さま。おはようございます」

文之介のうしろに控えるお春にも挨拶《あいさつ》する。お春がていねいに返した。

「なにかあったのか」

文之介はさっそくきいた。

「はい、それが……」

ここまでよほど急いできたようで、息が荒い。言葉を継ごうとして、うまくいかず、善三が表情をゆがませる。

そのせいで余計、猿に似た感じになったが、そのことに文之介は触れない。人の顔のつくりに、けちをつける気は一切ない。

善三が大きく息を吸い、一気に解き放つように言葉を口にした。

「押し込みです」

文之介は足をとめた。大きな扁額《へんがく》が掲げられた店の前の路上で、大勢の野次馬《やじうま》が集まって押し合いへし合いしている。その向こう側に、町奉行所や自身番の者たちががっちりと人垣をつくり、野次馬が店に近づけないようにしていた。

文之介がやってきたのは、深川北森下町《ふかがわきたもりしたちょう》である。この町の砂栖賀屋《さすがや》という茶を商《あきな》う店が、昨晩、押し込みにやられたということだった。

いつもなら朝早くあく店が、今朝はいつまでたってもあかないことに不審の念を抱いた近所の者が、訪ねていって惨劇を見つけたらしい。

店の脇の路地に勇七が一人、ひっそりと立っていた。

文之介は手をあげ、足早に近づいていった。

「遅くなってすまねえ」

勇七がかぶりを振る。

「とんでもない。あっしも、いま来たばかりですから」

そうか、と文之介はいった。腹にぐっと力をこめる。必ず下手人は捕らえる。自らに強くいいきかせた。

「勇七、よし、入るか」

——ここか。

合点だ、と勇七が答える。低い声だったが、気迫が感じられた。押し込みとなると、ほとんどの場合、必ずといっていいほど死者が出る。今回もおそらく例外ではあるまい。

二人は、町奉行所と自身番の者たちがつくる垣の前に行った。ご苦労さまです、という声とともに垣が横に動き、店先が見渡せるようになった。

文之介は勇七に合図をして、店のなかに入りこんだ。

茶の香ばしいにおいが強く漂っている。深く息を吸いこみたくなるが、この先にはおそらく死骸《しがい》が待っている。

その者たちは、もう二度とこのかぐわしいにおいは嗅《か》げない。そう思うと、呼吸するのもはばかられた。

茶の入った大きな箱が壁際に大量に並び、積みあげられている。そのいずれにも、砂栖賀屋の文字が太く墨書されている。

おや、と勇七が声を発した。

「どうした」

文之介は振り向き、小声でたずねた。

「いえ、なにか妙なにおいが鼻をかすめたような気がしたものですから」

「妙なにおいって、どんなにおいだ」

「おしろいに似たような感じですかね」

「おしろいだって」

まさか下手人は女なのか。

文之介は鼻をくんくんさせた。だが、そんなにおいは嗅ぎ取れない。

「まだにおうか」

「いえ、もうにおいません。あっしの勘ちがいかもしれません」

そうか、と文之介はいった。

「しかし、勇七、おめえ、風邪を引いていたんじゃねえのか」

「いえ、昨日、旦那のいう通り早めに帰って休んだら、今朝はもう治っていましたよ」

「そいつはよかった。さすがに勇七だ、頑丈だぜ」

「旦那は大丈夫ですかい。目が潤んでいるように見えますよ。熱があるんじゃないんですかい」

「ねえよ。俺はいたって健やかだ。お春も、熱はあまりないっていっていた」

「あまりない、は、まったくない、じゃありませんよ」

「たいしたこたあ、ねえよ」

文之介はいきなり咳きこんだ。なかなか咳がとまらない。熱さが喉の壁を這《は》いあがってくる。

こいつは本当に風邪なのか。別の病にかかっているんじゃねえのか。

文之介は不安になった。

「旦那、大丈夫ですかい。あっしとまったく同じ咳じゃないですか」

それをきいて、文之介は安心した。それなら、早めに休めばよくなるということだ。現金なことに、そういうふうに思ったら、咳はあっさりとおさまった。

ふう、と文之介は息をついた。

「旦那、確実に風邪ですね。なんといっても数年ぶりですからね、あまり無理をしちゃあ、いけませんよ」

「無理はするさ」

文之介はいい張った。

「勇七、押し込みだぞ」

「それは確かにそうなんですけど」

勇七はそれ以上いわなかった。

文之介たちは自身番の者によって、奥に案内された。奥に行くにつれて、血のにおいが鼻をつくようになった。

「こちらでございます」

自身番の者の声には、震えがまじっている。

ここまで来ると、血のにおいはますます強くなっており、全身を包みこむ霧のような感じになっていた。血のにおいの壁が立ちあがっているかのようだ。鼻の奥が鉄気臭《かなけくさ》さでべたついているような気さえした。

文之介はまた咳きこんだ。先ほどより激しい咳だ。苦しい。胸のなかに火箸を突っこまれて、ぐちゃぐちゃかきまわされているような気がする。

こいつはたまらねえ。確かに勇七もこんなひどい咳をしていた。よく勇七は休まずにいたものだ。

勇七が背中をさすってくれている。そのおかげか、ようやく咳がとまってくれた。あまりの苦しさに、目から涙が出てきている。文之介は胸を押さえた。

「旦那、やっぱり休んだほうがいいんじゃないんですかい」

「休めねえよ。勇七、見ろ」

文之介は、部屋のなかで横になったまま動かずにいる者たちを目で示した。この部屋には六人いる。無念そうに両目を見ひらいて死んでいる者も二人いた。

勇七が息をのんでいる。文之介は息をとめた。また咳が出そうになったが、これはなんとかこらえることができた。

敷居際に立って文之介は、あらためて死者の数を数えてみた。胸からおびただしい血を流し、血まみれになって布団の上で息絶えているのは、やはり六人だ。

いずれも男で、掻巻《かいまき》を着ている。この店の奉公人たちだろう。歳の頃からして手代《てだい》か。

丁稚《でっち》らしい歳の者は見当たらない。六畳間である。

隣の部屋の三畳間でも一人、同じように胸から血をだして死んでいた。その隣の四畳半の間でも同じく一人、変わり果てた姿になっていた。

こちらの二人は番頭で、四畳半のほうが筆頭番頭ということだろう。

文之介はさらに奥に向かった。狭い庭に渡り廊下が渡され、母屋《おもや》につながっていた。渡り廊下をすぎると、もう店ではなく、家人たちが暮らす家になっていた。

こちらでも四人の死者があった。あるじの琴左衛門《ことざえもん》に女房のおいそ、せがれの完太郎《かんたろう》、完次郎《かんじろう》である。

四人は三部屋に分かれて死んでいた。夫婦の部屋、跡取りの完太郎の部屋は六畳間、次男の完次郎に与えられた部屋は四畳半である。いずれも布団に横たわったまま、おびただしい血を流して事切れていた。

せがれの二人が幼い子供ではなく、すでに二十歳をすぎていることが酷《むご》さをほんの少しだけやわらげていたが、そんなことが心の慰めになるはずもなかった。

ほかに死者はなかった。この店に女の奉公人はいなかった。女は、女将《おかみ》のおいそだけである。奥のことはどうやら一手に引き受けていたようだ。

奉公人が八人に家人が四人。このくらいなら、女手一つでなんとかなるかもしれない。自身番の者によると、おいそは働き者で、いつもくるくると動きまわっていたようだ。

楽々と家事などはこなしていたという。

文之介は、必ず下手人をつかまえるという思いを新たにした。

家人が暮らす家の奥の庭に、一棟の蔵が建っていた。その蔵が破られていた。半尺ほどの分厚さがあり、その上に鉄板が貼りつけられた扉が四つに斬《き》り割られていたのである。

「こいつは……」

文之介はさすがに声をなくした。

「刀でやられたのか」

刀を上段から振りおろし、さらに横に払ったように見えている。だが、そんなことが人のできる業《わざ》なのか。

目の前に四つになって転がっている扉が、そういうことのできる者がこの世にいることを如実に伝えている。

いったいどんな者なのか。勇七が嗅いだというおしろいのようなにおいを思いだした。まさか女ということはないのか。

女でも、とてつもない腕を持つ者がいるという話はときおり耳にする。そういう者の仕業《しわざ》なのか。

いや、今はまだ先走るな。

文之介は自らにいいきかせた。

先入主はいけねえ。

文之介と勇七は蔵のなかに入りこんだ。かび臭さが体にまとわりついてくる。きれいになにもない。ここにどれだけの金が蓄えられていたか、今のところわからないが、すべて運び去られたのはまちがいないようだ。

蔵の裏手には小さな川が流れ、荷舟《にぶね》がもやえるほどの河岸が設けられている。おそらく賊はそこに舟を着け、千両箱を持ち去ったのだろう。

この砂栖賀屋は、店はさほど大きくはないが、内証はかなり裕福だったようだ。おそらく、数千両はやられたにちがいない。砂栖賀屋の富裕を知っている者に襲われたのである。

血も涙もない、人とは呼べないけだものにやられたのだ。そういう者に目をつけられたのが運の尽きだった。そういう者たちは、一度決めたことは、滅多なことがない限り、考えをあらためることはしない。そして、やるときは徹底してやる。

文之介は河岸に立ち、あたりを見まわした。おそらく昨夜、この河岸から舟で立ち去った者がいる。一人ではないだろう。一人では千両箱をいくつも運べやしない。

今もこの江戸の町でなにごともなかったような顔で暮らしているのだろう。飯を食べ、酒を食らい、女を抱いているのか。それともふつうの町人のように明るい顔で近所の者と挨拶をかわしているのか。

必ずとっつかまえてやるからな。首を洗って待ってやがれ。

まだ輪郭すらも見えない下手人に向かって、文之介は心中で呼びかけた。斜めうしろに立つ勇七も同じ決意をかためたことは、顔を見ずとも知れた。

文之介と勇七が裏口をくぐって家のほうに戻ると、検死医者の紹徳《しょうとく》が助手の若者とともに姿を見せた。

「遅くなりまして、申しわけない」

「いえ、とんでもない」

文之介は勇七と一緒に辞儀した。

「よろしくお願いします」

紹徳が助手に手伝わせ、まず奉公人たちの死骸の検死をはじめた。

「いずれも、寝ているところを、鋭利な刃物で胸を一突きにされていますね。手練《てだれ》の仕業のように見えます」

四人の家人たちも同じだった。

「おそらく、一人たりとも声をあげていますまい。心の臓を一突きにされ、まちがいなく一瞬であの世に送られていますよ」

いかにも無念そうに紹徳が首を振り振りいう。人の世の醜《みにく》さがつらくてならないといった風情である。

「血のかたまり具合と、亡骸《なきがら》のかたくなっている様子から、この家の人たちが殺されたのは、昨晩の四つから八つまでのあいだではないか、と思われます」

つまり真夜中のあいだに、この惨劇は行われたということだ。文之介は、腕のよさでよく知られる医者を見つめた。

「十二人もの人間が殺されたわけですが、紹徳先生は手練の仕業のように見えるとおっしゃいました。これは一人の者による仕業でしょうか」

紹徳が下を向き、じっと畳の上に目を落とす。

どこから入りこんだのか、一匹の蟻《あり》が歩いているのに文之介は気づいた。この蟻は、惨劇があったことなど知らず、餌《えさ》を求めているのだろう。

蟻の世でも殺し合いがあることを、文之介は知っている。赤い蟻と黒い蟻の大戦《おおいくさ》を小さな頃、目にしたことがあるのだ。

戦が終わったあと、蟻たちのおびただしい死骸が地面を覆っていた。互いに生き残りは一匹たりともいないように見えた。

どうして蟻同士であんな戦をしてのけたのか、今でも文之介には見当もつかないが、生きてゆく上で決して譲れないことがあったのは確かなのだろう。

それで戦い、互いに一歩も引くことなく、全滅の道を選んだ。

考えてみれば、人も同じことをする。戦国の昔は大戦の連続だった。いったい戦でどれだけの人の命が奪われたものか。

今は戦がなくなって久しく、戦国の昔に後戻りするようなことは決してないと思うが、太平の世でもこんな酷いことを平気でしてのける者がいる。

「そうかもしれません」

熟考の末、紹徳がようやく口にした。

「横になったり、うつぶせだったりと、さまざまな寝姿でこの家の人たちは眠っていたと思いますが、わざわざそれを仰向《あおむ》けにさせた上で、刃物を一気に突き通したような感じに見えます。すべて同じような角度で、刃物は心の臓に達しています」

十二人の人間を殺した者と、蔵の扉を斬り破った者は、同一人ではないか。文之介はそんな気がしてならない。

「ほかにおききになりたいことはございますか」

紹徳が問うてきた。いえ、ありません、と文之介は首を横に振った。

「さようですか。では、御牧さま、手前はこれで失礼いたします」

紹徳が小腰をかがめる。助手も同じ仕草をした。

「この一件の留書《とめがき》は、御番所にすぐに提出するようにいたします」

文之介は、よろしくお願いします、と頭を下げた。

紹徳が助手をうながして、外に出ていった。それを見送った文之介は北森下町の町《ちょう》役人《やくにん》を手招きし、話をきいた。

だが、下手人につながる光景などを目にした者が、今のところ町内に一人もいないことが知れただけだ。

町内の者すべてに話をきき、必ずなにか見ている者を見つけだします、と町役人たちは請け合ってくれたが、犯行が行われたのが真夜中ということもあり、それはまず望み薄だった。

文之介は町役人たちに、砂栖賀屋にうらみを持っている者がいないか、たずねた。家人だけでなく奉公人の誰もが温厚で、うらみを買ったという話など、きいたことがないとの返事だった。

「仕事上の諍《いさか》いやもめ事、ごたごた、悶着《もんちゃく》などはなかったか」

きいたことはありません、と五人の町役人が声をそろえた。

「最近、店の者が不安などを口にしたことを耳にしたことはないか」

それもありません、という答えが返ってきた。

「誰かじっとこの店を見ているような者がいなかったか」

町役人たちは顔を見合わせた。自分たちは見ていないが、もしかすると町内に住む者が目にしているかもしれない、と五人は考えたようだ。

「町内の者すべてに話をきいて、そういう者がいなかったかも合わせ、この砂栖賀屋のことについて噂話でもなんでもいいから、話の種にのぼったことがあることは全部、俺に教えてくれ。わかったかい」

わかりました、と町役人たちが手習子《てならいこ》のように元気よく答えた。

「ところで、この者たちの葬儀は誰がだすんだ」

町役人の一人が首をひねる。

「こちらの店は琴左衛門さんが一代で築きあげた店で、江戸に縁者はいないということでしたから、手前どもがださせてもらうことになるのではないか、と」

「琴左衛門さんは地方の出か」

「はい。遠江《とおとうみ》は浜松《はままつ》の出という話を以前、きいております」

浜松といえば、神君徳川家康《とくがわいえやす》が戦国の真っただなかの頃、三河《みかわ》の岡崎《おかざき》から本拠を移したことで知られる。家康が徳川幕府をひらいたのち、浜松城の城主が次々と幕府の要人となったことから、出世城の呼び名がある。

「もともと浜松のかなり大きな茶問屋のせがれだったらしいのですが、なにしろ四男だったとのことで、必ず自分の力で店を持ってやるという思いで、江戸に一人、出てきたようにございます。それがもう四十数年前のことにございますよ」

町役人の一人が文之介にいった。

「その浜松の実家とはどうなんだ。琴左衛門が繁く行き来があったというようなことはねえのか」

「それが全然ないということでしたね。よほど浜松でつらい仕打ちを受けたのではないでしょうか。今では、実家があった町の名すら忘れてしまったよ、と笑っていたくらいですから」

今も同じ場所に実家があるにしても、琴左衛門の死を知らされたところで、他人も同然だろう。迷惑なだけにちがいない。

「そうか。ご苦労だが、おまえさんたちががんばって葬儀をだしてくれるんだな」

「はい、それはもうおまかせください。琴左衛門さんには、町内のことではいろいろとお世話になりました。お金はだすが、口はださない方で、みんな、頼りにしておりました。それがなんでこんなことに」

町役人たちが涙に暮れる。五人とも、おいおいと声にだして泣いていた。

涙もろい文之介も、もらい泣きしそうになった。その前に咳が出そうになり、あわてて息をとめた。かろうじて間に合い、咳は出なかった。

「女将のおいそさんだが、こっちの縁者はどうだ」

町役人が泣きやんだところを見計って文之介はきいた。

「おいそさんも浜松の出なんですよ。浜松の縁者はもうすべて死に絶えてしまったと前に寂しそうにいっていました」

「琴左衛門とおいそは、昔からの知り合いか」

「ええ、なんでも幼なじみということでしたよ。琴左衛門さんがなんとか自分の店を持ったとき、呼び寄せたそうですよ。それからずっとおいそさん、琴左衛門さんのことを支え続けたということなんですが」

町役人が目頭を押さえる。文之介も胸が熱くなった。いったいどれだけの苦労をして、ここまで至ったか。それをすべて無にした者たちがいる。

許せねえ。

文之介はむらむらと闘志がわきあがるのを感じた。

これ以上、町役人たちにきくべきことが文之介は見つからなかった。そばに黙って立っていた勇七に目を向ける。

「よし、勇七、行くか。探索開始だ」

しかし、勇七からはいつもの、合点だ、という答えがなかった。どうした、と文之介はたずねた。

「いえ、また先ほどのにおいがしたものですから」

「先ほどのにおいっていうと、おしろいのようなにおいのことか」

「さいです」

そのやりとりをきいて、町役人たちが不思議そうにしている。この五人にはにおいは届いていない。

勇七は目を閉じ、神経を集中している。文之介はじっと待った。

やがて勇七が目をあけた。

「覚えました」

静かに文之介に告げた。

勇七がこれだけ確信を持っていうのなら、まちがいなく脳裏ににおいをしみこませたということだ。

「女将のおいそだが、いつもおしろいを使っていたか」

いえ、と町役人の一人がかぶりを振る。

「おいそさん、滅多に使いませんでしたよ。たまに、おしゃれしていかなきゃいけない集まりがあるときは、使っていましたけど、ふだんは一切使っていませんでした」

「どうしておまえさんは、おいそのことをそんなに詳しく知っているんだ」

文之介は、まだ若いといえる町役人にたずねた。

「いえ、前に町内の集まりで御飯を食べたとき、そういうふうにきいたんですよ。ふだんは忙しくて、おしろいなんか塗っている暇なんかないからって」

そういうことかい、と文之介は思った。それでも一応、琴左衛門夫婦の部屋に行き、おいそが使っていた化粧台のなかを見てみた。そばに夫婦の死骸が横たわっている。早く片づけてあげたかった。

文之介は、化粧道具のなかにおしろいを見つけた。

「嗅いでみるか」

文之介は勇七にいった。ええ、と勇七が答える。

「大丈夫か」

「頭にしみこませたにおいが、おしろいのにおいで消えないかってことですかい」

「そうだ。消えずとも、薄まっちまうんじゃねえのか」

勇七が余裕の笑みを見せる。

「大丈夫ですよ。そのくらいじゃ消えませんし、薄まりもしません」

これだけ自信があるのなら、平気だろう、と文之介は判断した。

「よし、嗅いでくれ」

文之介はおしろいの蓋《ふた》をあけ、勇七の鼻先に持っていった。

勇七が真剣な顔を寄せ、おしろいを嗅ぎはじめた。だが、ほんの一瞬で顔を離した。

「もういいのか」

「ええ、十分です」

「それでどうだ」

「ちがいますね。まったくちがいますよ。あっしが嗅いだおしろいのようなにおいは、女将さんが使っていたものではありません」

「ということは、誰か別の者がつけたにおいがここに残っていたということか」

「そういうことになるでしょうね」

文之介は顔をゆがめ、くそう、とつぶやいた。

「どうしたんですかい」

「俺も嗅ぎてえと思ったんだ。肝心なときに風邪なんか引いちまって、俺ぁ、まったく馬鹿だぜ」

風邪を引いていることを認める形になったが、そのことについて、勇七はなにもいわなかった。

「よし、勇七、行くか。探索開始だ」

文之介は、かたわらの二人の魂に届けとばかりに大声でいった。

勇七が熱い気持ちをみなぎらせた表情で大きくうなずく。

「合点承知」

第二章　玉子酒丼

一

頬がゆるむ。

この世にはこんなにうれしいことがあるのだ、と丈右衛門は盤面を見つめてしみじみと噛み締めた。

昨夜のことだ。夕餉《ゆうげ》のあと、お勢を寝かせつけていたお知佳が丈右衛門のもとに戻ってきた。昨日の朝と同じように、もじもじしていた。

「どうした」

お知佳がなにをいいたいか、わかっていたが、丈右衛門は自然な顔でたずねた。

「あの……」

「うん、なにかな」

しばらくお知佳は黙っていた。意を決したように顔をあげた。

「できたようなのです」

「まことか」

丈右衛門は勢いこんできいた。

「あの、なにができたか、おわかりになるのですか」

「当然だ」

丈右衛門は声を大きくしていった。すぐにお勢が隅で寝ていることに気づき、声を低くした。

「赤子であろう」

お知佳の顔に、ほっとしたような色が差した。

「よくおわかりで」

丈右衛門はにっとした。

「そなたの亭主は、これでも切れ者で知られた定廻《じょうまわ》りだったのだぞ。このくらい、すぐにわかる」

お知佳がにこりと頰をゆるめる。

「むずかしい事件をいくつも解決に導いてこられたのでしたね」

「そういうこともあったが、それは昔の話だ。それでお知佳、いつ生まれる」

お知佳が苦笑いを浮かべる。

「殿方はこういうとき、まことに気が早うございますね」

「ああ、そういうものかもしれぬな。お知佳、まだいつ生まれるか、わからぬのか」

お知佳がゆっくりと首を振る。

「いえ、さすがに私もおなごの一人ですから、それはわかります。おそらく、来年の春くらいではないかと。桜が咲く頃ではないでしょうか」

赤子は十月十日を母親の腹のなかですごすという。

となると、と丈右衛門は目の前の盤面を見つめつつ、考えた。仕込んだのは梅雨の時季くらいだろうか。

丈右衛門は、はっとした。わしはいったいなにを考えているのか。こんな下世話なことを考えるなど、どうかしている。急に涼しさがやってきて、頭がおかしくなったのではないか。

「どうかしたの」

目の前のおぐんが不審そうにきいてきた。

「ああ、いや、ちとな」

丈右衛門はあわてていった。おぐんがにこやかに笑う。

「赤子のことでしょう」

丈右衛門は頭のうしろに手をやった。

「なんでもお見通しだな」

「お見通しもなにも、丈右衛門さんがわかりやすすぎるのよ」

「わしがわかりやすいか。やはり歳を取ったせいかな」

「丈右衛門さんはおいくつ」

「五十六だが」

「若いわあ」

おぐんが驚いたようにいう。

「私より六つ下なのね」

「おぐんさんは六十二か。おぐんさんも若いな」

おぐんがにっとする。

「お世辞はいいわよ。私は老けてもいないけど、年相応っていったところよ。自分でもわかっているわ。――それで、ご内儀はなんていってきたの」

「できたようです、とだけ申した」

「うれしかったのね、丈右衛門さん」

「それはもう。この歳になって、まさか子ができるとは思わなかったゆえ。正直、娘や息子よりすでにいとおしくなっている」

「まあ、そうでしょうね。孫を見るのと、きっと一緒よね」

「ああ、歳が歳だけにそういうものかもしれんな」

「なんにしろ、新しい命が生まれ出てくるというのは、よいことよ。なにごともなく育ってくれたら、いうことなしね」

おぐんが興味深げな目を当ててきた。

「ところで丈右衛門さんは、今は隠居の身よね。隠居する前、なにをしていたの」

「気になるかい」

「そりゃもう。人品いやしからぬところがあるし、将棋の腕はまずまずってところだけど、頭はすごくよさそうに見えるし、ただ者でないって感じが強く漂っているわ」

「そこまでほめてくれたから、本当のことをいおうか」

「なに、それ。えらい人だったの。どきどきしちゃうわ」

おぐんは、若い娘のように胸に両手を当てている。まっすぐな眼差しを丈右衛門に据えている。

「定廻り同心だったんだ」

「ええっ」

予期していない答えだったらしく、おぐんが引っ繰り返りそうになった。

「おい、おい、大丈夫か」

丈右衛門は手を伸ばした。おぐんがその手をつかむ。

丈右衛門は引っぱってやった。おぐんが助かったという顔で、座り直す。

「腕は立ったんでしょうね」

「捕物《とりもの》の腕か。まああといったところだろうな」

「むずかしい事件も扱ったの」

「ああ、かなりな」

「何人くらい咎人《とがにん》を捕らえたの」

「もう忘れたな」

「百人くらい」

丈右衛門は首を横に振った。

「本当に覚えておらぬのだ」

「そう。でも、相当の数を小伝馬町《こでんまちょう》に送りこんだんでしょうね」

小伝馬町には牢屋敷《ろうやしき》がある。

「忘れられない事件て、あるの」

「それはあるな」

「どんなの」

おぐんは興味津々《しんしん》といった顔つきだ。

「将棋のほうはよいのか」

おぐんの番だが、手がとまってしまっている。

「いいのよ。駒は逃げないもの。ねえ、丈右衛門さん、話してよ。ああ、丈右衛門さんてこれまで通り呼んでもいいの」

「そりゃかまわんさ」

「そう、よかった。ねえ、話して」

「いやな事件だが、かまわぬかな」

「ええ、へっちゃらよ」

おぐんが話をきく姿勢を取る。それを合図にしたかのように、そばで眠っていた喜吉が目を覚まし、大声で泣きはじめた。

「あらあら、おしめが濡れたのかしら。さっき替えたばかりなのにねえ」

素早く立ちあがったおぐんがしゃがみこみ、喜吉のおしめを探る。

「あら、おしめじゃないわねえ。おなか、空いたのかしら。ややこはすぐにおなか、空くからねえ」

おぐんが丈右衛門を見やる。

「せっかく話しだそうとしていたのに、ごめんなさい。ちょっと待っててね。喜吉ちゃんの乳をもらいに行ってくるから。すぐに戻るわ」

喜吉を手際よく抱いて、おぐんが出ていった。

丈右衛門は縁側に出た。穏やかな秋の陽射しが降り注いでいる。透き通った風が庭の木々を騒がしてゆく。

柿《かき》の実が熟れはじめていた。まだ青さが残ってかたそうだが、あと十日もすれば、食べ頃になるのではないだろうか。

かなりの数が生《な》っている。まさにたわわの実で、しなった細い枝は今にも折れそうに見えるが、木の枝というのはそんなにか弱いものではない。

庭には栗の木もあった。かなりの大木で、古樹である。こちらもたくさんの実をつけている。陽射しを浴びて、緑色のいががつやつやして見える。あの色では熟すのに、まだまだ時間が必要ではないだろうか。あと二十日くらいは待たないと、いがは落ちてこないだろう。

やはり栗は栗御飯にするのが一番うまいかな。それとも、渋皮煮《しぶかわに》だろうか。

渋皮煮はうまいが、つくるのにとてもときがかかる。最低でも三日は必要だ。あの手間を思うと、お知佳につくってくれ、などと決していえない。

病で死んだ佐和《さわ》は渋皮煮が得意だった。栗が手に入ると、いそいそとつくりはじめたものだ。

あれはわしのためというより、文之介のためだったなあ。

そんなことを考えていると、がたん、と戸のあく音がした。この家はあまり建て付けがよくない。

「お待たせ」

喜吉を抱いておぐんが戻ってきた。喜吉はぐっすりと眠っている。健やかな寝息がきこえてきた。

「よく寝ているな」

丈右衛門はおぐんに近づき、喜吉の顔をのぞきこんだ。乳をたっぷりと飲んで、いかにも満足したという顔つきである。

「この子はとてもよく寝るの」

「うちの子もよく寝る。お勢というんだが、いい勝負だな」

「ああ、ご内儀の連れ子ね。お勢ちゃんていうんだ」

「とてもかわいい子だ」

でれっと目尻が垂れ下がったのが、自分でも実感できた。

そんな丈右衛門をおぐんが見ている。

「いいお顔、しているわ」

「この顔がかい」

「ええ、その子を心から愛しているっていうのが、よくわかるお顔だもの。とてもいい表情だと思うわ」

おぐんが、喜吉を小さな布団の上に寝かせる。喜吉は身じろぎしたが、気持ちよさそうに眠っている。

丈右衛門とおぐんは、再び将棋盤をはさんで向かい合った。

おぐんが身をわずかに乗りだしてくる。

「丈右衛門さん、忘れられない事件というのを話してくれる」

「かまわぬが、後味が悪いぞ」

「それでもかまわないわ」

「よし、わかった」

丈右衛門は深く顎を引いた。目を閉じ、話しだす。

「押し込みがあった。さほど大きな店ではないが、商売は堅実で、裕福さで知られた店だった」

おぐんは真剣な顔で耳を傾けている。言葉をはさむつもりはないようだ。

「奉公人が六人、家人が五人、やられた。家人のなかには、幼い子供二人も含まれていた。まだ五歳と三歳の兄弟だ」

まあ、とおぐんが息をのむ。

「あとは兄弟の二親に、祖母だ。奪われた金は、その時点でははっきりとはわからなかったが、おそらく千五百両はくだらなかったはずだ」

丈右衛門は少し間を置いた。

「下手人はすぐにつかまった。派手な金の使い方をしていたならず者がまず捕らえられ、その自白から、仲間の四人があっけなくつかまった」

それはよかったという顔で、おぐんがうなずく。

「これだけ見れば、ただの押し込みだ。どうしてこれがわしにとって忘れられぬ事件になったかというと、この事件が、押し込みに入られた店のあるじが筋を描いたといってよいからだ」

「主人が筋を描いたって、どういうことなの」

我慢できなくなったようで、おぐんが言葉を発する。

「つかまった賊の一人が、あるじに頼まれて押し入ったと自白したのが発端だ。あるじが裏口の錠をあけていたから、賊どもはあっさりとなかに入ることができた」

「どうして主人はそんなことをしたの」

「内儀の密通を疑っていたからだ」

「密通を疑っていたから、賊を引き入れる手引きをしたというの。密通というと、女将さんの相手は誰なの」

「奉公人だ。あるじは、二人の子もその奉公人の子ではないかと疑っていた」

「女将さんとその奉公人は、本当に密通していたの」

丈右衛門は首を横に振った。

「それはわからなかった。だが、その店とつき合いのあった者から話をきいた限りでは、密通はなかったのではないかという感触をわしは得た」

「そんな」

おぐんが絶句する。

「あるじは内儀に心から惚《ほ》れていたようだ。密通のことはどうやらただしたようだが、内儀には一笑に付されたようだ。子供の親のことは、きけなかったらしい。あるじは疑いの沼のなかを一人、どろどろになって泳いでいた。そしてたまった鬱屈《うっくつ》がついに限界に達し、店の者全員を道連れに死ぬことを考えたようだ」

「なんて身勝手な」

おぐんが憤然とする。

「死ぬのなら、一人でさっさと死ねばいいのに」

「それがあるじはできなかった」

丈右衛門は眉根にしわを寄せていった。

「死のうとしたときもあったようだが、どうしても一人では死にきれなかったらしい。それで思いあまって、悪い連中に依頼をしたんだ」

「押し入った者たちはどうなったの」

「もちろん全員が獄門《ごくもん》だ」

「それはそうよね。いくら頼まれたからといって、十一人もの人を殺しておいて、ただですむはずがないわ」

「そういうことだな」

丈右衛門は同意を見せ、それからゆっくりと息をついた。

「それにしても、そんなことで幼い命を奪われた二人の子供は哀れだった。あんなことがなければ、将来があったのに」

「いま生きているとしたら、いくつになっているの」

「あれは十八年前の事件だから、二十三と二十一だな」

「きっといい若者に育っていたでしょうね」

「うむ。わしもそんな気がする」

目尻をぬぐっておぐんが不意に立ちあがった。

「喉が渇いちゃった。お茶、淹れてくるわね。ちょっと待っててね」

おぐんが台所に姿を消す。

丈右衛門はまた縁側に出て、庭の木々を眺めた。

先ほどまで出ていた太陽は、いつの間にか雲が厚くなり、姿を消していた。そのせいであたりは薄暗く、風に揺れている柿の実もどこかわびしげに見えた。おびただしい栗のいがの近くを蜂《はち》が飛んでいる。あんな真似《まね》をして、いがに刺さるようなことはないのだろうか。きっとないのだろう。そんなへまをする蜂など、この世にいるはずがないのだ。

幼い頃、丈右衛門はいがを素手でさわり、痛い思いをしたことがある。父親から、決してさわってはならぬ、といわれていたのに、その言葉をきかなかったのだ。触れてみたいという欲求に、どうしても逆らえなかった。

あの痛みを知ってから、二度と素手で触れようという気はなくなった。必ず火ばさみを使うようにしている。

そういえば、と丈右衛門は思いだした。どこか田舎に遊山《ゆさん》に出たとき、小さかった文之介も同じように素手で栗のいがをさわり、ひどく驚いていた。泣き虫だったのにあのときに限って泣かなかったのは、あまりに驚きが強かったためだろう。

ということは、と丈右衛門は思った。我が父も同じ真似をしたにちがいない。文之介に子が生まれれば、その子もきっと同じことをするのだろう。

血というのはおもしろい。こうして確実に後世に引き継がれてゆく。

おぐんが戻ってきた。盆に二つの湯飲みをのせている。

「どうぞ」

畳の上に茶托《ちゃたく》を敷き、その上に湯飲みを置いた。

「これはありがたい」

丈右衛門は将棋盤の前に座り、湯飲みを手にした。あたたかさが手のひらにじんわりと伝わり、気分がほっとする。

茶を喫した。苦みのなかに甘みが感じられ、ほうと息をついた。

「うまい」

「よかった」

おぐんが無邪気な顔で喜ぶ。ぐいっと湯飲みを勢いよく傾けた。あっ、と丈右衛門は声を放った。

「あっちちちち」

おぐんが茶を吐きだす。それが将棋盤にかかった。

「ああ、私ったら、なんてことを」

「大丈夫か。やけどしておらぬか」

「大丈夫よ」

おぐんはおろおろしている。そばで寝ている喜吉に茶はかからなかったようで、相変わらずすやすやと眠っている。

「ちょっと待っていてくれ。ふくものを持ってくる」

丈右衛門は台所に行き、雑巾《ぞうきん》を探した。何枚も見つかった。置かれたり、かかったりしている。そのうちの一枚を手にした。手ふきもあったので、それもつかんで隣の間に戻った。

丈右衛門は、これで顔をふくといい、といって手ふきをおぐんに手渡した。ありがとう、とおぐんがほっとした表情になる。

「これを使ってもよいか」

おぐんにきいてから、雑巾で将棋盤をふいた。駒も一個一個ていねいに水気をぬぐってゆく。すぐにきれいになった。

「これでよいな」

「ああ、ほんと、すまないねえ。私は昔からどじでねえ」

「ふむ、そのようだな」

「あら、丈右衛門さん、意外に口が悪いわねえ。こういうとき、ふつうはそんなことはないよ、って慰めるものじゃないの」

「ああ、そうか。そうだな。おぐんさんは、どじなどではないよ」

おぐんが、くすっと笑う。

「今さら遅いわよ」

真剣な目を盤面に当てる。

「丈右衛門さん、ずるをしていないでしょうね」

「駒の位置を変えたというのか。しておらぬ。卑怯《ひきょう》な真似をして勝っても、楽しくないからな」

「ああ、丈右衛門さんはそういう人だわね。ごめんなさいね、疑ったりして」

おぐんが素直に頭を下げる。

「いざ勝負になると、人が変わる人が多くてねえ」

「ああ、確かに多いな。——おぐんさん、やるかい」

丈右衛門は将棋盤を指さした。

「ええ、やりましょう」

おぐんが真剣な目になった。

朝からはじめて最初の勝負だが、形勢は丈右衛門に不利である。ここから逆転に持ってゆくのは、かなりむずかしいが、がんばるしかない。

このままずるずると、なんのあらがいも見せずに負けることだけはなんとしても避けたい。それでは、なんのために金をもらっているか、わからなくなる。

勝負が再開されると同時に、おぐんは攻勢をかけてきた。一気呵成《いっきかせい》に勝負をつけようという迫力がある。

丈右衛門は必死に駒を動かし、防戦した。これをしのげば、こちらが攻勢に出られると自らに強くいいきかせた。

「丈右衛門さん、本当に粘り強いわねえ。感心しちゃうわ。きっとその性格は探索に役立っていたんでしょうね」

「まあ、そうかな」

「ほかの人があきらめたことだって、丈右衛門さん、一人で一所懸命考えていたんじゃないの」

「まあ、そうだな」

やっぱりね、とつぶやいておぐんが白扇子の上の金をつまみ、角の横に静かに置いた。

「これでその粘り強さをへし折ることができるかしら」

強烈な一手だった。ぐうの音も出ないというやつだ。とどめを刺されたといっていいが、まだ王が生きている以上、丈右衛門にまいったをいうつもりはなかった。角は見捨て、王を左に逃がす。

「丈右衛門さん、往生際が悪いわねえ」

「それこそが持ち味だ」

「名同心て、結局はそういうことなのね」

「ただのへそ曲がりにすぎぬ」

「そうかもしれないわねえ」

「そういうときは、そうじゃないっていうのではないのか」

「この場合は、仕方ないでしょ」

おぐんが白扇子の上から銀を取り、王の斜めうしろに置いた。王手だ。

ここは王を前にだすしかない。実際に丈右衛門はそうした。

おぐんが、先ほど打った金で角を取った。白扇子に置く。

おや、と丈右衛門は思った。この一手は余計なのではないか。

勝利を確信しているおぐんは、なんの気なしに角を取りに行ったのだろう。邪魔だから取っておけくらいの気持ちだ。だが、これは明らかに誤りである。丈右衛門は、好機が訪れたことを知った。

右端でじっと息をひそめていた飛車を一気に敵陣に乗りこませ、王手をかけた。

「えっ、王手なの」

意外そうにいって、おぐんが銀をあげ、飛車道をさえぎる。かまわず丈右衛門は飛車で銀を取った。

それからは王手、王手の連続だった。攻めに傾いていたおぐんの王の近くの陣形の守りは、あまりかたくない。丈右衛門は持ち駒のすべてを使って攻めまくった。

ついにおぐんの王を左端に追いつめた。すでに王は裸になっている。

丈右衛門の持ち駒には金がある。王の頭にこの金を打つことができれば、丈右衛門の勝ちである。

盤面を見つめ、おぐんがしきりに首をひねっている。もう駄目ね、とうなるようにいった。

「どうやっても逃げられないわ。丈右衛門さん、まいった」

頭を下げた。

「丈右衛門さん、すごいわ。あの形勢から逆転されたのは私、初めてよ」

「まことか。それはうれしいな」

「この粘りが丈右衛門さんの身上なのね」

おぐんが納得したようにいう。

「悪者どもは、その粘りの前にじわじわと圧倒されて、そのうち取り返しのつかないへまを犯すのよ。それを丈右衛門さんは逃さず悪者どもをふんづかまえるって寸法ね。こりゃ、悪党どもはたまらないわ」

その通りなんだろうな、と思いつつ丈右衛門は、湯飲みに残った茶を干した。渇いた喉に、すっかりぬるくなった茶が心地よい。もちろんすべての事件を解決できたわけではないが、決してあきらめないことで、いくつかのむずかしい事件にけりをつけることができたのは嘘ではない。

「角を取ったのが、私のしくじりだったわね。ちょっと角道が気になったものだから。

どじを踏んだわ」

「弘法も筆の誤りということわざもある」

「弘法大師と並べられるほど、将棋の名人ではないわ」

丈右衛門はおぐんを見やった。

「そんなことはない。わしから見れば、大名人だ。本当に強いぞ。どうしてそんなに強いんだ」

「亭主から習ったのよ」

「ほう、ご亭主から」

「ええ。亭主はもうとっくにおっちんじまったけど、なかなか腕のよい医者だったんだよ。腕がいいっていっても、あまり患者がないときもあって、そのときの暇潰《ひまつぶ》しに私に将棋を教えてくれたの。亭主はたいしてうまくなくてね、あっという間に私のほうが追い越すことになったのよ」

おぐんがおかしそうに笑った。

「患者がそばで寝ているときも、勝負したりしてね。そのせいで、駒を打つときもそっと置く癖がついちまったのよ」

本来はぴしりと音をさせて打つほうがかっこよいし、気持ちよいのだが、そういう事情だったのなら致し方あるまい。

「この将棋盤も駒も白扇子も亭主の形見の品よ。あの人のにおいがしみついているような気がして、手放せないわ」

それはよくわかる。よく形見の品を平気で捨てたり、他人にあげたりする人がいるが、ああいう行いは、丈右衛門にはまったく解することができない。

「私は産婆《さんば》だったんだよ」

おぐんが唐突にいった。

「えっ、そうなのか」

丈右衛門はまじまじと目の前のばあさんを見た。

「だった、ということは、もうやめてしまったのかい」

「そう、廃業したの」

「どうして。ああ、きいてもよいかな」

「もちろんよ」

しかし、おぐんの表情は沈んだ。

「やめても暮らしに困らない程度のお金を亭主が遺してくれたというのも大きいのだけど、本当に産婆をやめようと思ったのはね、死産が続いたからよ。これから母親になろうとする人を必死に励まして取りあげても、赤子がうんともすんともいわないの。叩いても揺すっても、元気よく泣こうとしないのよ。それが五回も続いたのよ。自分にはなにか悪いものがついているんじゃないかって思ってね、それでもういやになっちまって、きれいさっぱりやめたの」

「そうか……」

気の毒で、これくらいしかいえる言葉がなかった。

「喜吉ちゃんは」

誰が取りあげたのか、丈右衛門はたずねた。

「娘も本当は私に取りあげてほしかったようだけど、私がやらないのを知って、ほかのお産婆さんに頼んだわ。そのおかげで、こうして元気に育っているわ」

おぐんが目尻を指先でぬぐった。少し目を潤ませている。

「せっかくこんなにかわいい子を生んだのに、火事で死んじまったからね。今までいたところは縁起が悪いからって、私はこっちに越してきたのよ」

生きていると本当にいろいろある。だが、人というのは、それを乗り越えてさらに生きていかねばならない。

丈右衛門は自死などこれまで一度も考えたことはないが、生きているのがつらいと思ったことは一度や二度ではない。

それでも、生きることで、それまで隠れていたなにかが見えてくることもある。丈右衛門自身、それで得をした気分になれたのは、やはり一度や二度ではない。

生きているだけで価値がある、というが、その言葉はまさに真理なのではないか、と丈右衛門はこのところそう思うことが多くなっている。

二

さすがにいいにくい。

これを告げたら、お春は悲しむにちがいない。

だが、いわずにはおけない。すべてはお春のためなのだから。

「どうしたの」

お春が小首をかしげてきいてきた。

「なにをじっと黙っているの。箸もとまっているわよ」

くしゃみが出そうになり、文之介は鼻をつまんだ。

「なにしているの」

「くしゃみをとめたんだ」

「とまったの」

「とまった」

「鼻をつまむと、くしゃみってとまるのね」

「お春、知らなかったのか」

「ええ。だって今までとめようなんて、考えたこともなかったから」

「そうだな。お春みたいなかわいいくしゃみなら、いいんだ。俺のは、膳を引っ繰り返しそうになるくらいだからな。本当に引っ繰り返しちゃたまらねえ」

　文之介は箸を使い、梅干しをつまんだ。口にそっと入れる。前はぽいっと放りこんでいたものだが、それもお春にやめるようにいわれたのだ。

　口がひん曲がるほど酸《す》っぱい。これはお春が漬けた梅干しである。文之介は咳きこみそうになった。だが、なんとかこらえた。

「大丈夫」

　顔を赤くしている文之介を心配し、お春がのぞきこんできた。

「ああ、へっちゃらだ。しかし、強烈だな、こいつは」

　咳が出ないかどうか、おそるおそる探りながら、種を小皿の上に静かにだした。同時に御飯をかきこみたくなるが、我慢する。箸を上手に使って御飯をゆっくりと食べてゆく。梅干しの強い酸っぱさと絡み合って、口のなかがすきっとする感じだ。飯も進む。喉にも効くような気がする。

　最後にわかめの味噌汁を飲み干し、文之介は箸を置いた。お春に笑顔を向ける。

「ああ、うまかった。ご馳走さま」

「お粗末さまでした」

「お粗末なんてことはねえよ。とてもうまかったよ」

「これは儀礼としていうのよ」

「そういうものだっていうのはわかるんだけど、こんなにうまいものつくったんだから、胸を張ってもいいと思うんだけどなあ」

「謙遜《けんそん》が美徳って、とてもいいことだと思うわ。なんでもかんでもごりごりいってくる人、たまにいるけど、あれは見ていてあまり気持ちよいものだと思えないもの」

確かに、醜いと文之介も思うことがある。湯飲みを手に取り、茶をごくりとやった。

「ああ、うめえ。食後のお茶って、どうしてこんなにうめえのかなあ」

「本当においしいわね。でもあなた、そんなにのんびりしていていいの。大きな事件が起きたんでしょ」

「ああ、もう出仕しなきゃいけねえ。起きたのは、押し込みだ」

昨日の光景が思いだされ、文之介は胸が詰まった。全部で十二人の罪のない人が無残に殺された。

必ず下手人をつかまえ、獄門にしなきゃいけねえ。

また咳が出そうになる。これもなんとかこらえた。

「ひどい事件らしいわね。向かいのご内儀に少しお話をうかがったのだけど」

「そうか、話はきいたか。ああ、ひどいものだ」

人のすることじゃねえ、という言葉はのみこんだ。朝っぱらから口にするには、女には強すぎる言葉に思えた。

文之介は立ちあがろうとした。だが、その前にお春にいわなければいけないことがあった。座り直す。

「あの、お春」

「なあに」

膳を片づけはじめていたが、手をとめてきいてきた。

「今日からしばらくのあいだ、屋敷には帰れねえ」

「えっ、どうして」

「今の押し込みの探索で、番所に泊まりこむことになる」

「えっ、そうなの。そんなこと、初めてね」

「まあ、そうかな。滅多にあることじゃねえんだが、ときたまある」

そう、といってお春が下を向く。

「俺が帰ってこなくて寂しいだろうが、しばらく我慢してくれ」

「ええ、それはもちろんよ。私はあなたの妻なんだから」

お春がはっとする。

「着替えは」

「必要だな」

「じゃあ、急いで支度しなくちゃ。ねえ、時間はあるの」

「あまりねえ」

「もう、そういうのは昨日のうちにいわなくちゃ駄目よ」

「ああ、すまねえ」

お春が立ち、夫婦の部屋に向かう。そこには大きな箪笥《たんす》があり、文之介の着替えがしまわれている。

そのあいだに文之介は出仕の最後の支度をすませた。

軽い足音が廊下に響いた。文之介は廊下をのぞいた。風呂敷《ふろしき》包みを大事そうに抱えたお春が足早に近づいてくる。

その姿がいじらしく、そしてたまらなくかわいかった。文之介は涙が出てきそうになった。いや、実際に出ていた。あわてて手の甲でぬぐう。

「どうしたの」

「いや、なんでもねえ」

「はい、これ」

風呂敷包みを手渡してきた。

「三日分、入っているわ。もしそれで足りなかったら、私が持っていくから、つなぎをちょうだいね」

「ああ、俺が取りに来るよ」

「駄目よ。そんな暇があるなら、探索に精ださなきゃ」

「そうか。そうだな」

「押し込みの事件を解決に導いて、それで帰ってきてちょうだい」

「ああ、わかった。そうする」

「さあ、ぐずぐずしてないで、さっさと仕事に行って。遅刻しちゃうわよ」

「ああ、本当だな」

文之介は答えた。こんなにあっさりと通じるなら、もっと早くいっておくんだった、と少し後悔した。いわゆる拍子抜けというやつだ。構えていたのは、自分だけだった。もっとも、少し嘘がまじっているから、構えることになったのだ。

いつものようにお春の見送りを受けて、屋敷をあとにした。

風呂敷包みを抱えて、歩く。

今日も天気がよく、秋らしい穏やかでやわらかな陽射しが降り注いでいる。樹間を行きかう小鳥たちも、機嫌よくさえずっている。いかにもこの天気がうれしそうだ。

道を行く町の者たちも、歩く姿がどこか伸びやかだ。文之介も同じ姿勢で歩を運んでいる。暑くもなく寒くもないというのは、実に気持ちがいい。

南町奉行所に着いた。大門の下に入り、同心詰所《つめしょ》の入口をくぐる。

すでに先輩たちは顔をそろえていた。文之介は大きな声で挨拶した。

「珍しいな、文之介」

声をかけてきたのは、鹿戸吾市《しかとごいち》である。前はいやな男だったが、今は狷介《けんかい》さが影をひそめ、だいぶましになってきた。むしろ、いい男といってよい。もっとも、前の狷介な吾市も、文之介は嫌いではなかった。こういう男も必要だろう、となんとなく感じていたものだ。

「珍しいってなにがですか」

文之介は吾市にきいた。

「いや、最近は早く来るのが日課だったじゃねえか。それがどうしてか、今日は一番最後だぞ」

「すみません」

「別に謝ることはねえんだ。おめえはこれまでむずかしい事件を解決に導いたりして、定廻りのなかでも一目置かれるようになったんだから、堂々としていりゃあいいんだ。誰も文句なんかつけねえ」

「はあ」

「だが、どうして遅くなったか、そいつは気になるな」

寝坊してしまったんですよ、と答えようとしたが、こんな嘘はすぐにばれる。十二人もの人が殺された押し込みが起きたにもかかわらず、文之介がのんびりと寝坊しているような男でないのは、吾市でなくとも知っている。

「いえ、ちょっと、こいつを用意していたものですから」

文之介は風呂敷包みを掲げてみせた。

「なんだい、そいつは」

「着替えです」

「どうして着替えなんか持ってきた」

「泊まりこむつもりだからです」

「ここにか」

「いえ、勇七のところですよ」

「どうして勇七のところなんだ」

文之介は声を落とした。

「ちょっとありまして」

はは一ん、と吾市が合点のいった顔つきをした。

「おめえ、お春ちゃんと喧嘩《けんか》したな」

文之介は黙っている。

「それで勇七のところに転がりこむって寸法だ。どうだ、ちがうか」

文之介はにっこりと笑い、それを答えとした。

「夫婦喧嘩なんかつまらねえぞ。文之介、とっとと謝って仲直りしちまえ。まあ、独り身の俺がいっても、なかなか納得できねえだろうが」

「そんなことはありませんよ。お言葉は胸に大事にしまっておきます」

「おう、そうしておけ。先輩の言葉ってのは、重みがあるからな。しかし文之介、いくら重いからってあまり大事にしすぎて、探索の最中、へたばるんじゃねえぞ」

吾市が、文之介の背中をばしんと叩いてきた。痛かったが、我慢した。

「なかなかいい肉の付き方になってきたじゃねえか。一年前とは、たくましさがまるでちがうぞ」

その言葉は素直にうれしかった。

「じゃあ、俺は先に行くぞ。おめえも探索に精をだせよ」

はい、と文之介は威勢よく答えた。

吾市が詰所を出てゆく。ほかの同心たちも次々と続いた。

十二人もの人間が殺された事件だけに、この事件が解決するまで他の同心たちも自らの縄張をまわるのはやめ、手を貸してくれるのである。

文之介は文机《ふづくえ》の上に風呂敷包みを置き、それから詰所を出た。先輩たちに負けてはいられない。

大門の下で、勇七が待っていた。

「すまねえ、待たせた」

「いえ、あっしも今さっき来たところなんですよ」

「そうか。勇七にしちゃあ遅えな。なにかあったのか」

「ちょっと隣の家の夫婦が朝から喧嘩をおっぱじめたんで、仲裁に入っていたんですよ」

「夫婦喧嘩は犬も食わぬ、っていうけど、殴られなかったか」

ふふ、と勇七が笑みを見せる。

「あっしはこう見えても、御番所づとめの男ですよ。夫婦喧嘩の仲裁くらいで、殴られるようなへまは犯しませんよ」

「確かにその通りだな。そのくらいで殴られていたら、凶悪な連中に太刀打ちできねえものな」

そういうこってすよ、と勇七がいった。

「ああ、そうだ。勇七、今夜から頼むな。弥生《やよい》ちゃんは、いいっていってくれたか」

「はい、お客があるのをうれしがるたちですから、旦那が泊まるのはなんの問題もないんですけどね」

「けどね、なんだ」

「お春ちゃんですよ。寂しい思いをさせることになるんじゃないですか。妻もそのことを心配しているんですよ」

「お春は寂しいだろうと思うよ。だが、仕方ねえ」

「仕方ねえの一言で、片づけていいんですかい」

「片づけるしかねえからな」

「しかし旦那、どうしてそんなこと、思いついたんですかい」

「昨日、話したじゃねえか。この風邪のせいだ」

「確かに風邪ははやりますけど、うつるものなんですかね。そんなの、きいたこと、ないですよ」

「うつるんだよ」

文之介は強い口調でいった。

「どうして断言できるんですかい」

「あくびだって、うつることがあるだろう」

「ありますねえ」

「風邪もあれと同じだ」

「さいですかねえ」

勇七は疑問という顔だ。

「だったら、旦那の風邪はあっしがうつしたってことになりますね」

「おそらくそうだ」

勇七が顔をしかめる。

「もしそれが本当だったら、すまないことをしたと謝りたいところですけど、どうなんですかねえ。このところ、急に涼しくなったんで、体調を崩し、風邪の神さまが住み着いたんじゃないかと思いますよ」

「風邪がいっせいにはやることがあるだろう。あれはきっと人から人へうつるからだ」

「はやり風邪は難儀なものですけど、どうやったら風邪がうつるんですかい」

「わからねえ」

「お医者もそんなこと、いってませんよ。少なくともあっしは一度もきいたこと、ありませんよ」

「お医者はあくびがうつる理由も知らねえからな、風邪がうつるってことも、知っているはずがねえ」

「旦那は、どうしても自説を曲げないんですね」

「ああ。風邪はうつる。これが真実だから、曲げる必要などどこにもねえ。俺はお春に風邪をうつしたくねえ。あんなに楽しみにしているみんなとの集まりを、風邪を引かせて行けなくなるなんてことになっちゃあ、ならねえ」

「だったら、どうしてあっしたちの家に泊まりこむんですかい」

「おめえはもう風邪が治ったからだ。弥生ちゃんも風邪っぴきだったといったが、もうとっくに治っているんだろう」

「ええ、あっしより早く治りましたよ」

「おめえの風邪も実は弥生ちゃんからもらったもんだろう、と俺はにらんでいる」

「ああ、うつるっていうんなら、そういう考え方になるでしょうねえ」

「それでだ、これが肝心なことだが、風邪は一度治った者は引きにくい」

「その通りですね。しかし、ぶり返すってこともありますよ」

「あれは、きっと治りきっていねえってことだろう。治りきった者がまた風邪を引くってのは、滅多にねえ」

そうかもしれませんねえ、と勇七がいった。

「それで旦那、あっしの妻は誰から風邪をもらったんですかい」

「そんなのは考えるまでもねえ。手習子たちに決まっているだろう。あいつらはなにしろ、よく風邪を引くからな」

「いわれてみれば、そうですねえ」

勇七が首をかしげ、腕組みをする。

「風邪はうつるっていうのは、真実かもしれないですねえ」

「そうだろう」

文之介は鼻高々だ。

「この説は、きっといつしか当たり前のことになるにちげえねえよ」

表情を引き締め、真顔になる。

「よし、勇七、行くか」

「へい、砂栖賀屋さんの仇討《あだうち》ですね」

「そうだ。賊どもをとっつかまえるぞ」

「わかりやした。がんばりましょう」

文之介は大門の下を出た。うしろに素早く勇七がつく。

「それで旦那、今日はなにから調べるんですかい」

「勇七の嗅いだいいにおいというやつだな。そのにおいの元がなんなのか、探り当てることができれば、この事件の下手人どもにたどりつくのは、さほどむずかしいことじゃねえような気がする」

背後の勇七が気持ちを引き締めたのが、気配で伝わってきた。

「責任重大ですね」

「まあな。おめえしか知らねえにおいなんだから。勇七、頼むぜ」

「まかしておいてください」

勇七が胸を叩くようにいった。

「それと――」

文之介は語を継いだ。

「やはり昨日と同様、砂栖賀屋の関係先をききこまなきゃ、話にならねえな。北森下町の町役人たちは、砂栖賀屋について諍いやいざこざなどはきいたことがねえっていったが、あの者たちは仕事なんかでつながりがあったわけじゃねえ。町によくしてくれる表向きの砂栖賀屋のことを知っていたにすぎねえ。ここは、じかにかかわりがあった者たちに話をきいて、本当にうらみなどを買っていなかったか、確かめなきゃならねえ」

「なるほど」

勇七が力強い相づちを打つ。

「こういう地道なききこみで、意外な事実が判明するってのは、これまで何度も経験していることですものね」

「その通りだ。あきらめねえ気持ちが最も大事だ」

「旦那、いいこといいますねえ。そういえば、ご隠居も前に同じようなこと、おっしゃっていましたよ」

「父上が。そうか。父上も粘り強いというか、しぶといからなあ。今、なにをされているのかなあ。ちゃんと御飯は召しあがっているのかな」

「それは大丈夫でしょう。お知佳さんがいますからね」

「そうだな。なにしろ義母上《ははうえ》はしっかり者だからなあ。あの父上にはもったいねえくらいの女性《にょしょう》だ」

「似合いですよ」

「そうかな。おめえと弥生ちゃんのほうが似合っているぜ」

「そんなことありませんよ。ご隠居たちのほうがずっと似合ってますよ」

勇七が真顔で否定する。文之介は苦笑を浮かべた。

「相変わらずかてえ男だな。そのあたりは昔とちっとも変わってねえ」

旦那、と勇七が呼びかけてきた。

「じゃあ、向かうのは北森下町ですね」

「そうだ。昨日もだいぶ砂栖賀屋の取引先は当たったが、まだかなり残っている。あの町から出発して、次々に当たってゆくのがいいんじゃねえかって思っている」

実際に文之介たちはそうした。

しかし、砂栖賀屋が取引先ともめていたという話や、うらみを買ったというような話は一切きくことはできなかった。誰もが砂栖賀屋の商売の手堅さと着実さ、あるじの琴左衛門や奉公人たちの誠実さをほめ、その死を悼むばかりだった。

途中、おしろいなどを扱っている店があると必ず入りこみ、勇七に香りを嗅いでもらった。しかし、これだというものは、見つからなかった。

「おしろいじゃないのかもしれませんね」

一軒の店を出て、勇七がいった。

「おしろいじゃないとしたら、たとえばなんだ」

「今朝、思いついたんですけど、歯磨き粉ってのは考えられないですかね」

「そうか。あり得るな。昔は塩で歯を磨いていたらしいが、今はいろいろなものができているからなあ。口の臭さを消すために、香料が加えられている歯磨き粉もあるそうだからなあ」

「有名なところでは、本郷のかねやすがありますね」

「乳香散《にゅうこうさん》だな。あの店はいつも相当混《こ》んでいるって話だ。俺は一度しか行ったことはねえが、勇七は使ったこと、あるのか」

「あっしも一度だけ。あれもいろいろと香料が使われているらしいんですよね。中身がなんなのか、店の秘中の秘ですから、知る人はほとんどいないようですけど」

「なにしろ宣伝文句が『この薬をもって磨く時はその白さ銀を敷くる如《ごと》く一生口中歯の憂なし』だものな。こんなのをきかされたら、誰だって磨きたくなるものだぜ」

乳香散は、享保《きょうほう》の時代に生きた兼康祐悦《かねやすゆうえつ》という口中医がつくったといわれている。それを、かねやすという小間物《こまもの》屋が売りだした途端、店は押すな押すなの行列ができるほどのにぎわいを見せたのである。

「乳香散のにおいか」

それだったらまずいな、という思いとともに文之介は勇七にきいた。

「いえ、ちがいます」

勇七がいいきる。

「そうか、ほっとしたぜ」

「まあ、乳香散ほど売れている歯磨き粉だったら、使っている人が多すぎて、砂栖賀屋さんに押し入った者どもをとっつかまえることが、至難になりますものね」

「勇七の嗅いだにおいが駄目になっても、賊どもを必ず捕らえるという気持ちに変わりはねえが、むずかしくなるのはまちがいねえところだ」

文之介は額に浮き出た汗を、お春が持たせてくれた手ぬぐいでふいた。いいにおいがしている。自分で洗濯しているときは、こんないいにおいはしなかった。お春はなにかを使って洗濯しているのだろうか。

前に見たことがあるが、別になにも使っていなかった。米のとぎ汁を使っていただけだ。それは自分と同じである。

きっと新妻というのは、なにか魔術を使えるのだろう。だから、こんないいにおいがしているのだ。それとも、単にお春のにおいがついているのか。

そうかもしれない。これはお春と同じにおいだ。

その後は歯磨き粉を売っている店に入ったり、行商人をつかまえては話をきいたりして、においを嗅がせてもらった。

だが、勇七が砂栖賀屋で嗅いだにおいと一致するものは、見つからなかった。

三

家の前に立った。

丈右衛門はぶるっとした。今朝はことのほか涼しい。風が冷たさすら帯びている。厳しい冬がすぐそこまで近づいているのを、感じさせる風である。空も雲がびっしりと覆って陽射しはなく、葉を落とした木々も寒そうに震えている。どこか、うら寂しい光景だ。

昨日から栗が落ちはじめたようで、今日は栗御飯をつくってあげるから楽しみにしておいて、とおぐんにいわれている。栗御飯は大好きだ。秋の味覚という感じが強くするのがなによりよい。

秋の味覚といえば、松茸《まつたけ》の土瓶《どびん》蒸しも大好きで、あんなにうまいものはほかにないと思うくらいだが、さすがに高価で、なかなか口に入らない。定町廻りをつとめていた頃なら、ときおり食することができたが、今は高嶺《たかね》の花である。

なにしろ松茸には、御茶壺《おちゃつぼ》と同じように松茸道中と呼ばれるものがあるのだから。

上野《こうずけ》の館林《たてばやし》領内には金山《かなやま》という松茸の大の産地があり、領主が長くても三代しか続かない、ころころ変わる地であっても、将軍に対する松茸の献上は毎年、欠かすことなく続けられている。多い年には、三千本近い松茸が江戸に運ばれたことがあるそうだ。

ごめんよ、といって丈右衛門は枝折戸《しおりど》をあけ、庭に入る。敷石を踏んで、座敷のほうに向かう。じかにそちらから入ってもらってよいといわれている。

丈右衛門は濡縁《ぬれえん》の前に立った。ちょうどおぐんが座敷に座りこんでいた。喜吉の顔をのぞきこんでいる。将棋盤はずっと置かれたままで、そこに鎮座している。

声をかけたが、おぐんはこちらを見向きもしない。

「おぐんさん」

丈右衛門は強い声を発した。

おぐんがびっくりしたように顔を向けてきた。血相が変わっている。

「ああ、丈右衛門さん」

声が震えていた。

「どうした」

「熱があるの」

「喜吉ちゃんか」

丈右衛門は、失礼する、といって濡縁から座敷にあがった。喜吉のそばに正座し、小さな顔を見つめる。確かに赤い顔をし、息づかいも荒い。いつもの安らかな寝息とはまったく異なる。

「風邪かもしれん。今、はやっているゆえ。いつからこんな熱がある」

「さっきもらい乳にいったときは、きゃっきゃっ笑っていたの。それが知らないうちにこんなふうに」

「医者に連れていこう」

丈右衛門は抱きあげた。

「今日はだいぶ涼しいゆえ、寒くない格好にしていこう」

喜吉を、掻巻でぐるぐると包みこんだ。すっぽりと包まれ、どこからも風は入ってきようがない。

掻巻も、おぐんの亭主の形見だそうだ。いくつかはぎがあって、いかにも使い古されているが、丈夫そうである。

「このあたりにいい医者はいるのかい」

外に出て、おぐんがきいてきた。丈右衛門は早足になっている。

「日本橋に一人、いいのがいる。その医者なら大丈夫だ」

「なんて先生だい」

息を弾ませておぐんがたずねる。

「有安《ゆうあん》先生だ」

おぐんが目をぱちくりさせた。

「知っているのか」

おぐんが首を横に振る。

「知らないお医者だけど、丈右衛門さん、ほんと、大丈夫なの」

「ああ、腕は最高だ」

丈右衛門は請け合った。

「それならいいけど」

小走りに駆けながら、おぐんは青い顔をして震えている。

「大丈夫かい」

丈右衛門はさすがに心配になって、きいた。だが、その言葉はおぐんの耳には届いていない。

「ああ、もしこの子がはかなくなっちまったらどうしよう。私はもう生きていられないよう。あの世に逝《い》っても、おみねさんに顔向けできないよう」

「今、おみねさんといったかい」

おぐんは足を運びつつ、ぶつぶつとつぶやいている。

今きいても、無駄なようだ。落ち着いてから、おみねというのが誰なのか、きいてみることに丈右衛門は決めた。

永代橋《えいたいばし》を渡り、およそ四半刻《しはんとき》で有安の診療所に着いた。診療所といっても、孫衛門《まごえもん》という裕福な男の家の裏側を間借りしているだけだから、構えた感じは一切ない。ふつうの家に入るのと同じである。

濡縁に坊主頭の男が足を投げだして座っていた。涼しい風が庭の木々を騒がしているのに、平気な顔をしている。笑みを浮かべて目の前の大木を見あげている。

もっとも、顔はいつも茫洋《ぼうよう》として、どういう表情をしているのか、正直、丈右衛門にはつかみにくい。人相書を最も描きにくい型の男といってよい。

「有安さん」

丈右衛門は呼びかけた。こちらを見て、男が立ちあがった。中肉中背といったところだ。ただ、その立ち姿から剣は相当遣えそうに感じられ、この男の得体の知れなさにつながっている。前身はなんなのか。もともと医者だったわけではあるまい。丈右衛門はそんな気がしてならない。

「これは丈右衛門さん」

急ぎ足で近づいてきた。

「どうされました」

「赤子が熱をだして。風邪かもしれぬ」

掻巻にくるまれた喜吉を見せる。

有安が首を振る。

「先入主はいけませんよ」

「そうだった」

「そちらに」

有安が診療所を指し示す。まだ朝が早いせいなのか、それとも今日は暇なのか、患者は一人もいなかった。

「今日は一人かな」

喜吉を布団に寝かせながら、丈右衛門は有安にきいた。有安にはお雪《ゆき》という一人娘がいる。馬の尾のようにうしろで髪をまとめ、いつも袴《はかま》をはいて剣術に精をだしている威勢のよい娘だが、とても素直な気性で、丈右衛門のお気に入りである。

「お雪なら、早くから朝稽古《げいこ》に行きましたよ」

残念だった。顔を見たかった。あの娘が笑ってくれれば、喜吉の病もすぐさま治りそうな気がしていた。

「では、さっそく診せていただきます」

有安が喜吉の様子を診はじめた。脈を取り、まぶたをめくり、口をひらいて舌をじっと見る。

「いかがですか」

喜吉の枕元に腰をおろしたおぐんが必死の面持ちでたずねる。

有安が微笑する。

「もうしばらくお待ちください」

患者だけでなく、患者の家人も元気づける笑みだ。この男の笑みを見ると、丈右衛門もほっとする。

それにもかかわらず、この診療所を離れてしまうと、どんな笑顔だったのか、脳裏に呼び戻すことはいつもできない。やはり不思議な男だ。

有安は念入りに喜吉を診続けている。この男の誠実さが表情に出ていた。

それを目の当たりにしていると、前身がなにかなど、やはり穿鑿《せんさく》するものではないという気にさせられる。有安が臑《すね》に傷持つ身には思えないし、なにかわけありの男など、この江戸にいったいどれだけいるものか。有安もそのうちの一人にすぎないのではないか。

「風邪ですね」

顔をあげて有安がいった。

「確かに熱があります」

「下げる薬を処方してください」

おぐんが懇願する。

「これ以上、苦しむ顔を見ていたくありません」

「いえ、そういうわけにはまいりません。熱は薬以上に大事なものですから」

「どういうことですか」

「熱は、体が病と闘っているなによりの証です。熱を下げると、体は闘えなくなります。しかし、実際のところ、あがりすぎもよくない。赤子の場合、特に慎重に診ていかねばなりません」

「熱を下げないとおっしゃると、それではどういう薬を処方するのですか」

おぐんが食い下がるようにきく。

有安は穏やかな笑みを絶やさない。

「古来より風邪に著効があるといわれる陳皮《ちんぴ》に葛根《かっこん》ですね。この二つを煎《せん》じて用います。もしこれで効果がなく、さらに熱があがるようなら、麻黄《まおう》を使います。麻黄は解熱《げねつ》に卓効がありますから。節々の痛みを取るのにも高い効果があります」

有安が奥から出てきた助手の司郎《しろう》という若者に命じ、薬を棚から取りださせた。薬研《やげん》を使ってさっそく調合をはじめる。さすがに見とれるような手際である。

これでよし、とつぶやき、有安が司郎に薬を渡した。司郎は立ち、水を入れた土瓶で薬を煎じはじめた。

「鉄瓶ではないのか」

丈右衛門は有安に問うた。

「鉄瓶では、どういうわけか、薬の性質が変わってしまうともいわれています。土瓶なら大丈夫です。やかんでは鉄が溶けだして、薬になんらかの影響を与えるのかもしれませんね」

ほう、そういうものなのか。

丈右衛門には初耳だった。

土瓶が沸騰したようだ。司郎が薪《まき》の加減で火を弱める。土瓶は火からおろさない。

「あの土瓶には、三合ほどの水が入っています。あのまま半分くらいになるまで、煮続けます」

ずいぶんと濃くするものだ。そのくらいしないと、薬というのは効き目があらわれないものかもしれない。

無言のときが流れた。ときおり有安が喜吉の脈を診る。なにも変化はないようで、一人小さくうなずくだけだ。土瓶が沸騰を続ける音だけが部屋のなかに響いた。

薬のにおいが充満しはじめている。香ばしいような、甘いような、苦いような、さまざまな香りが混然となったにおいである。

四半刻ほどたったとき、司郎の手が動き、じっと目を落としていた土瓶を火からおろした。土瓶と鍋敷《なべし》きを手に、こちらに戻ってきた。鍋敷きを畳の上に置き、その上に土瓶をのせた。

一枚の紙を手にした有安が、薬湯を漉《こ》しはじめた。小さめの壺に、静かに薬湯を注ぎ入れている。これは、かすを取っているのだという。

それから、じっと冷めるのを待った。熱いのを赤子の口に持っていっても、飲んでくれないのだ。

壺に手を当て、有安が熱の具合を見ている。やがてこれなら大丈夫と踏んだようで、薬湯を柄杓《ひしゃく》で小皿に少し汲《く》んだ。さじを使って喜吉の口に持ってゆく。喜吉の口が少し動く。すすっているように見える。

丈右衛門は、命の力強さを垣間見《かいまみ》たような気持ちになった。

「これを飲んでくれるかが、大きな関門でした」

有安がほっと息をつく。

おぐんが食いつくような目で、喜吉を見つめている。

「いかがです。息が穏やかなものになったと思いませんか」

有安がおぐんにいう。おぐんが驚いたように大きく顎を動かす。

「はい、本当に。だいぶ楽になっているように見えます」

有安が笑みを浮かべた。

「これならば、まず大丈夫でしょう。もちろん慎重に経過は見なければいけませんが、容態が急変するということはないでしょう」

それをきいて、おぐんが畳の上にへたりこんだ。

「ああ、よかった」

天井を向いて、泣いている。頬を伝い、涙がぽろぽろとこぼれ落ちてきた。

丈右衛門も感極まり、もらい泣きしそうになった。実際に涙が目尻に浮いている。目を閉じると、あふれてきそうで、丈右衛門は必死に目をあけていた。

いきなりおぐんが畳に正座し、両手をそろえた。有安に向かって、深々とこうべを垂れる。

「ありがとうございました。先生は喜吉ちゃんの命の恩人です」

「いや、当然のことをしたまでですよ。どのお医者もすることで、特別の薬を処方したわけではありません。とにかく薬が効いてよかった」

有安があくまでも平静にいう。

「先生がいらしてくれたおかげで、喜吉ちゃんは助かったんです。本当にありがとうございました」

有安はにこにこしているだけだ。

丈右衛門も安堵を隠せない。この子はうまく育つのではないか、という気がしている。風邪で、命を天に召しあげられる赤子は数多い。その危機を、この子はとりあえずくぐり抜けた。運が強いといってよい。

「先生は本当に名医ですよ。私の亭主も医者だったから、よくわかります。腕は先生のほうがはるかにいい」

「そんなこともないでしょうが」

有安は謙遜の姿勢を崩さない。

「おぐんさん、今日一日は、ここで喜吉ちゃんの様子を見させてください。よろしいですか」

意外なことをきいたという目をおぐんがする。

「あの、喜吉ちゃんを、置いてゆけということですか」

「ええ、そういうことです」

おぐんはしばらく考えていた。

「わかりました。おまかせします」

「ありがとうございます。お預かりいたします」

有安が礼を述べる。

「喜吉ちゃんのこと、どうか、よろしくお願いします」

おぐんがしつこいくらい頼んでいる。

これは、と丈右衛門は思った。おぐんさんがおみねと呼んだ女のことと関係しているのだろうか。

おみねという女が、おぐんの実の娘であるはずがない。おぐんは確かに、さん付けをしたのだから。

しかし、喜吉がもし死んでしまったら、あの世でおみねに顔向けできないといった以上、おみねというのが喜吉の母親なのではないか。

どういうことなのか。丈右衛門のなかで謎《なぞ》は深まるばかりだ。

四

目がまわる。

見慣れない天井が、ぐるぐると円を描いて動いている。

天井が動くわけないよな。

しかし、どう見ても動いているようにしか見えない。触ってみようと思い、文之介は布団から起きあがろうとした。ずきん、と頭に痛みが走る。

――こいつはまいったぞ。

文之介は布団に静かに横たわった。風邪はどんどんひどくなっている。治る兆しなど、まったくない。

目を閉じた。頭の痛みは引かない。ずきずきと鼓動とともに痛みがやってくる。

しかし、風邪などに負けていられない。殺された砂栖賀屋の十二人の仇を討たなければならない。

文之介は腹に力を入れた。それだけで頭の痛みが強くなる。

ふんが、と声をだして、布団の上に起きあがった。痛てて、と悲鳴をあげたくなるような痛みが頭に襲いかかってきたが、文之介は歯を食いしばって耐えた。

このあたりは、昔と肝の据わり方がだいぶちがう。以前なら、だらしなく声を発していただろう。

「旦那、起きていますかい」

腰高障子越しに勇七が呼びかけてきた。

「おう、起きているぜ」

「大丈夫ですかい」

「まあ、大丈夫だ」

「ふつか酔いはありませんかい」

「ふつか酔いだって。なんのことだ」

「えっ、まさか覚えていないんですかい。旦那、あけますよ」

するすると軽い音を立てて、腰高障子が横に滑ってゆく。廊下に膝《ひざ》をついた勇七の顔がぼんやりと見えた。その勇七もぐるぐるまわりはじめている。

文之介は顔を突きだし、目を凝らした。とまれ、と心でいいきかせても、勇七はぐるぐるとまわり続けている。

まったくいうことをきかねえ野郎だぜ。

「酒臭いですね」

勇七が顔をしかめ、左右に手を振る。文之介にはその手が何本にも見えた。

まったく千手観音《せんじゅかんのん》じゃねえんだから。

「どうしてこの部屋が酒臭いんだ」

文之介は疑問をぶつけた。

勇七が文之介をまじまじと見る。

「この部屋が臭いんじゃなくて、旦那が臭いんですよ。旦那、本当に覚えていないんですかい」

真摯にいわれて、文之介は昨日のことを思いだそうと試みた。

仕事を終えて、ふらふらになりながらも文之介は勇七と一緒にこの家にやってきた。弥生が出迎えてくれ、文之介の顔色の悪さを即座に告げた。

そういえば、と文之介は思いだした。すぐに横になってください、という弥生に、滋養のためにいいから玉子酒をつくってくれないか、と頼んだのだ。

弥生のつくる玉子酒は美味で、いくらでもいけそうだった。そして、抜群に効き目がありそうだった。これをたくさん飲めば、風邪の神さまなどどこかに飛んでいきそうに思えた。そのために、文之介は何杯もおかわりしたのである。

ふう、と文之介は大きく息をついた。

「なんだ、おめえがぐるぐるまわっているのは、風邪じゃなくて、ふつか酔いのせいか」

勇七があきれたように首を何度も振る。

「あれだけ調子に乗って飲めば、玉子酒といえども、ふつか酔いにならないほうがおかしいでしょう」

「勇七、俺は、いってえ何杯くらい飲んだんだい」

さいですねえ、と勇七が天井を見あげ、昨夜のことを思いだそうとしている。

「丼《どんぶり》に七、八杯は楽にいったんじゃありませんかね」

「えっ、そんなに飲んだのか」

文之介は呆然《ぼうぜん》、愕然《がくぜん》とした。

「玉子酒はそんなに酔わないといいますけど、あれだけ飲めば、酔っ払うのは当たり前ですよ」

「どうしてとめなかったんだ」

「怒るからですよ。あっしは何度も、やめるようにいったんですよ。しかし、旦那はききやしなかったんです。飲ませなきゃ台所に行って自分でつくるからな、って。とんだ虎《とら》ですよ」

文之介はさすがに赤面した。頭を下げる。

「勇七、すまねえ。せっかく泊めてくれたのに、迷惑をかけちまって」

「いや、いいんですよ。風邪を一刻も早く治したいという旦那の気持ちが、強く伝わってきましたからね」

「そうか。そういってもらえると、少しは気持ちが楽になる」

勇七が敷居を越えて、入ってきた。

「風邪の具合はいかがです」

「いかがですもなにも、ふつか酔いでさっぱりわかりゃしねえ」

「顔色は、昨日よりだいぶよくなっていますよ」

「そうかい。そいつはいい雲行きだな」

「おなかのほうはどうですかい。空《す》いていますかい」

文之介は腹に手を当てた。

「よくわからねえが、空いているような気がするなあ」

「朝餉、食べますかい」

「ああ、いただこう。これがふつか酔いの痛みなら、食い物を腹に入れることで治るかならな。食い物はふつか酔いの特効薬だ。勇七、知っていたか」

「いえ、知りません。こちらに来てください」

「ちっ、相変わらず無愛想なやつだぜ。よく弥生ちゃんがもらってくれたもんだ」

「旦那、きこえてますよ」

「当たり前だ。きこえるようにいっているんだからな」

文之介は慎重に立ちあがった。そのおかげで頭は痛くならなかった。

廊下に出て、勇七のあとをついてゆく。まだあたりは静かだ。風が少し強いようで、その音しかきこえない。

「手習は何刻からだ」

「五つからですよ」

「俺たちの頃と変わってねえのか。それで、今は何刻だい」

「六つすぎですよ」

「ふむ、出仕までには、まだちと余裕があるな」

「まず顔を洗いましょう」

文之介と勇七は庭に出た。井戸端に行く。勇七が水を汲んでくれた。文之介はちょっと触れてみた。

「井戸水といっても、さすがに冷てえな」

「もう冬は遠くないってことですね。はい、これをどうぞ」

歯磨き粉と房楊枝《ふさようじ》を手渡してくれた。

「おう、すまねえ」

文之介と勇七は並んで歯を磨いた。なにか幼い頃に戻ったようで、文之介はうれしかった。

歯を磨き、顔を洗い終えると、勇七が台所脇の部屋へ案内してくれた。

「こちらですよ」

文之介は、勇七があけた腰高障子の向こうに膳が置いてあるのを見た。大きめの皿のほかに小鉢がいくつかのっている。

「そちらに座ってください」

文之介は勇七にいわれた場所に、よっこらしょといって腰をおろした。

「よっこらしょっていっちまうなんて、俺も歳だなあ。最近は必ずいっちまうもんなあ。荷物を持ちあげるときは、どっこらしょだ」

文之介は膳の上を見た。魚がある。鯵《あじ》のひらきだ。目が自然と輝く。

「朝から魚か。豪勢だな」

すぐに気づいて、向かいの勇七を見つめる。

「まさか、俺のために朝から魚じゃねえだろうな」

「そんなことはありませんよ。今は鯵が安いんで。旬《しゅん》ですからね」

「鯵って今が旬なのか。へえ、そうなのか。知らなかった」

「今だけでなく、初夏の鯵も脂がのってうまいですよ。妻が安いうちにと、鯵をたくさん買いこんで、ひらいて天日干しにしたものですよ」

「へえ、弥生ちゃんはなんでもできるんだなあ。たいしたものだ」

弥生が盆の上に味噌汁をのせて持ってきた。文之介は朝の挨拶をいった。おはようございます、と弥生も明るく返してきた。

「よく眠れましたか」

「ああ、おかげさんで」

弥生がにっこりする。白い歯がまぶしいくらいだ。

「たくさん飲まれましたものね」

「弥生ちゃんの作る玉子酒は、実にうめえ。あれは風邪に効いたぞ」

「そうですか。治りましたか」

「よくわからねえけど、昨日よりだいぶましになったような気がする」

「それはよかった。さあ、お召しあがりください」

すでに、炊き立ての御飯も茶碗に盛られている。

箸を握った文之介はがっつこうとした。だが、すぐにお春の顔が目の前にあらわれ、箸をとめた。あらためて、ゆっくりと食べはじめる。

急いで食べるより、むしろのろのろとしたくらいで食べたほうが、食事はおいしいことに、最近気づいている。これもお春のおかげだ。一緒になって以来、お春にはいろいろと教わっている。人として成長できたのではないか。

鰺のひらきのほかにおかずは納豆に海苔《のり》、梅干しというものだ。一膳では食べきれず、文之介は二度おかわりした。

鰺のひらきはよく塩がきいていて、御飯に実によく合った。さすがに弥生が手ずからつくったひらきだけのことはある。

文之介はすっかり満足して、箸を置いた。

「ああ、うまかった」

勇七が差しだしてきた楊枝を使う。

「頭はどうですかい」

「ああ、そうか。ふつか酔いか」

文之介は頭をぶるぶると振ってみた。

「うん、痛くねえ。もういいみてえだ」

「風邪も治ったんじゃありませんかい」

「どうかな。まだ鼻水は出るなあ。少し喉も痛えし」

文之介は盛大なくしゃみをした。勇七があわてて飛びのく。

「見ろ、勇七、まだ治ってねえ」

「そいつは残念ですね。あれだけの玉子酒を飲んだのに退散しないなんて、風邪の神さまは当分、旦那のもとに居座ろうっていう気ですかね」

「風邪の神さまもくしゃみとともに飛んでいってくれたら、俺も楽になるんだけど、なかなかそうは問屋が卸さねえな」

朝餉の礼をいって文之介は着替えを終え、勇七とともに南町奉行所に向かった。門のところで、弥生が見送ってくれた。

「いい嫁さんだな、弥生ちゃんは」

文之介はうしろを歩いている勇七にいった。

「ええ、あっしもそう思いますよ。お春ちゃんも、とてもいいお嫁さんでしょう」

「まあな。なんにでもすごく一所懸命だし、あいつを見ていると、俺はとても幸せな気分になれる」

「だったら、お春ちゃんのもとに戻ったらどうですかい」

「勇七は俺にいられるのはいやか」

「そんなことはありませんよ。一緒にいると、なんか昔に帰ったようで、楽しいですしね。しかし、一人きりのお春ちゃんがかわいそうでならないんですよ。寂しがっていると思いますよ」

「しかし、こんなたちの悪い風邪をうつすわけにはいかねえからな。せっかくの楽しみが台なしになっちまう」

「旦那の気持ちもわかるんですけどねえ」

そんなことをいい合いながら道を歩いていると、あっという間に町奉行所に着いた。

勇七は、いつもよりずっと早く着いたと感じたようだ。

文之介はいったん同心詰所に行き、書類仕事をこなしてから、大門の下に戻った。

「よし、行くか、勇七」

「今日も砂栖賀屋さんのことについて、調べを進めるんですね」

「そうだ。勇七の嗅いだにおいの調べも同時に進める」

文之介と勇七は連れ立って大門の下を出ようとした。そこへ見覚えのある若者が駆けこんできた。血相を変え、息をひどく切らしている。

「おう、銀助《ぎんすけ》じゃねえか」

文之介は声をかけた。

「ああ、御牧の旦那」

銀助がほっとしたようにいう。しかし、両肩を大きく上下させている。息はまったく静まろうとしない。水を持ってきてやりたかったが、ここにはなかった。

「どうした、なにかあったのか」

なにかなければ、ここまで銀助は切羽詰まった顔をしていないだろう。この若者は深川の東平野町《ひがしひらのちよう》の自身番に仕える小者である。

「へい、それが」

銀助が激しい息とともに言葉を継いだ。

「まことか」

銀助が嘘をつくはずがないのに、口からそんな声が出た。それだけ文之介は仰天している。背後で勇七も声を失っていた。

「こちらですよ」

銀助の案内で東平野町にやってきた文之介たちは、狭い路地に足を踏み入れた。この路地は、このまま北へ進めば、武家屋敷町につながる。

そこまで行く前に、銀助が足をとめた。武家屋敷の土塀のそばだ。

東平野町の町役人たちが、そこに呆然とした風情で集まっているのが見えた。野次馬も少なくない。だが、誰もが静かにしている。ひそひそとささやき合っている者もいる。

町役人が文之介たちに気づいて、顔をいっせいに向けてきた。いずれもひどく暗い表情をしている。

その顔つきを目の当たりにして、どんな惨劇が待っているか、文之介は覚悟を定めた。どんなものを見ても、決して動揺しないように自らにいいきかせる。

町役人たちに冷静さを失った姿など、見せるわけにはいかない。花形と呼ばれる定町廻りは、いつでも平静さを保っていなければならない。

そうでなければ、町の者たちから信頼を寄せられるはずがなかった。

「ご足労、ありがとうございます」

町役人たちが近づいてきて、頭を下げる。

「いや、急ぎのつなぎをもらって、ありがたかった」

「いえ、町役人として、当然のつとめでございますから」

文之介と勇七は町役人の先導で武家屋敷の塀際に進んだ。

いきなり見えた。うっ、と声が出そうになる。だが、文之介は耐えた。勇七も口元を引き締め、こらえている。

三人の男が折り重なるように倒れている。いずれも下帯だけの姿だ。しかも三人とも首がなかった。

三つの首は死骸の脇に転がっている。顔は焼けただれていた。焚《た》き火のなかに無造作に蹴《け》り入れられて、焼かれたような感じだ。むろん頭も真っ黒焦げで、どんな髷《まげ》をしていたのか、判別できなくなっている。

町人と侍は髷がちがうから、それさえ見れば身分はすぐにわかるのだ。

「ひどいものですね」

「ああ、ここまでやったのは、初めて見るような気がするぜ」

砂栖賀屋の押し込みもまだなんの手がかりも得ていないのに、またこんな事件が起きるなど、信じられない。

だが、これはうつつのことだ。目をそらすわけにはいかない。

文之介は三つの死骸をじっと見た。首の一つに強い目を当てる。その首の唇の左側がめくれているように見えるのは、焼かれたせいなのか。それとも……。

気づいたようで、勇七も息を詰めてその首を見つめている。

「まさかな」

文之介はつぶやきを漏らした。

「ええ、ちがうでしょう」

勇七も同意する。

「焼かれたせいですよ」

そうだな、と文之介はいった。

「体に傷はねえようだ。おそらく首を切られたからだろう」紹徳先生に詳しく調べてもらわねえといけねえが、この者たちの命を奪ったのは、おそらく首を切られたからだろう」

「生きながら首を切られたってことですか」

文之介は顔をゆがめた。

「そうかもしれねえ」

「首を打つように、うしろからやったんですかね」

「どうだろうかな」

文之介は、首が切断された面に厳しい目を当てた。首の骨が木の節のように、はっきりと見えている。

「うしろじゃねえな。どうも横から、ばさっと切られたように見えるぞ」

「じゃあ、立って相対しているときに下手人は刀を振って、首を切り離したってことですかい。得物《えもの》が刀かどうか、まだはっきりしていませんけど、もしそうなら、すごい腕ということになりますね」

「うん、互いに刀を構えているときに、すっぱりとやったのだとしたら、とんでもねえ腕だな」

うーむ、と勇七がうなり声をあげた。

やり合いたくねえ、という言葉を文之介はのみこんだ。そばに町役人が立って、こちらをうかがうように見ている。おびえていたなどという噂は流されたくない。

「それに、首を切るだけじゃなく、顔を焼いていますね。下手人はどうしてこんな真似をしたんでしょう。やはり、仏さんたちの身許《みもと》を知られたくないからでしょうか」

「ああ、この仏たちの身許がはっきりすれば、すぐにつながりがわかっちまうような者の仕業だろうぜ」

しかし、と勇七がいった。

「身許を隠したいなら、こんなところに捨てずとも、川に流してしまうとか、土に埋めてしまうとかしたほうがいいんじゃありませんかね。そのほうが殺したこと自体、わからなくなりますからね。事件としては扱われない。だが、これじゃあ、殺したことを逆に宣伝しているような感じですよね」

なるほどな、と文之介は下手人の狙いがなんとなく読めて口にした。

「勇七、宣伝か。それかもしれねえ」

「えっ、どういうこってす」

「下手人は、見せしめにしたかったんじゃねえのか」

勇七が考えこむ。

「つまり、下手人には警告したいような誰かがいて、その人に対する合図みたいなものですかい」

「そいつは、まだよくわからねえな。しかし、身許は隠しておきてえ、それなのにこれだけ派手な殺し方をする。その理由というのは、そういうことじゃねえかとしか、今の俺には考えられねえ。もちろん、先入主はいけねえんだけどな」

「あっしは旦那のいうことが合っているような気がしますねえ」

かたわらの町役人たちも、真剣な顔でうなずいている。

その町役人たちの話では、検死医師の紹徳には、すでに使いを走らせてあるという。もうじきいらっしゃるのではないでしょうか、ということだ。

それからさほど待つことなく、紹徳が姿を見せた。いつものように助手の若者を一人、連れている。助手が薬箱を持っていた。

この前、検死で会ったばかりというのに、また顔を合わせる。文之介は江戸の町がひどく物騒になった気がしてしようがない。

同じ気持ちなのか、挨拶もそこそこに紹徳が死骸のあらためをはじめた。

顔をしかめていた。それでも、てきぱきと検死を進めてゆく。このあたりは、さすがとしかいいようがない。

何度か冷たい風が吹き、厚い雲のあいだから太陽が顔をのぞかせたり、また隠れたりしたのち、紹徳の検死は終わりを告げた。

すっくと立ちあがり、文之介と勇七のほうを見やる。顔には苦渋の色が浮かんでいた。

やはりここまで酷い死骸には、経験豊富な紹徳といえども、なかなか出合うことはなかったのだろう。

文之介と勇七は素早く紹徳に近づいた。

「お待たせしてしまい、申しわけない」

紹徳が頭を下げる。

「いえ、とんでもない。いつもながらのていねいな仕事ぶり、感服しておりました」

紹徳が品のよい微笑を漏らす。すぐにため息も漏らした。

「ご覧の通り、ひどいものです。殺されたのは、昨日の夕方から夜にかけてくらいではないかと思います」

「この場で殺されたのですか」

「ちがうと思います。よそで殺され、ここに運ばれてきたのではないでしょうか。血の跡がまったくありませんから、ここで殺したというのは無理があります」

どうして別の場所に運んだのか。殺害した場所が、おそらく下手人に関係する場所に近かったのだろう。下手人の屋敷や家のそばだったのではないか。

ここに捨てたということは、このあたりに見せしめにしたい者の住みかがあるということだろうか。

「三人とも手に剣だこがあります。お武家かもしれません。もっとも、今は町人のあいだでも剣術熱は相当のものですから、断定はできませんけど」

侍ではないかという気はもとよりしていたから、文之介に意外な感はない。勇七も同じ顔つきだ。

「もう死骸に触れてもよろしいですか」

文之介は紹徳に申し出た。

「はい、もちろんですよ」

失礼します、といって文之介は転がっている三つの首を見つめた。特に唇がめくれている首をよく見た。

見れば見るほど、幼い頃よく遊んだ玉蔵にしか思えなくなってくる。文之介は首をそっとつかみ、よく顔が見えるようにした。

顔全体が焼けただれていて、よくわからないが、唇のめくれあがりだけは焼け残った感じで、はっきり見えている。

「紹徳先生、この唇は焼けたせいでこういうふうになっているのでしょうか」

紹徳がしゃがみこみ、じっと見た。

「いえ、ちがうでしょう。これは生まれつきのものだと思いますよ」

やはり玉蔵なのではないか。その思いは文之介のなかで強くなってゆく。

「勇七、どう思う」

「あっしも旦那と同じですよ」

勇七が歯をくいしばっていった。

やはりそうか、と文之介は思った。まさかこんな形で、嘘ばかりついていた玉蔵と久しぶりの対面を果たすことになるとは思わなかった。

しかし、大きな特徴である唇がこんなにはっきりと残っているなど、玉蔵の執念なのではあるまいか。文之介と勇七以外、町奉行所の者で、この首の持ち主が玉蔵であるとわかる者はいないだろう。

玉蔵が文之介たちに知らせるために、唇だけは焼けないようにがんばったのではあるまいか。

文之介はそんな気がしてならない。

「玉蔵」

静かに呼びかけた。

「必ず仇は討ってやるぜ」

そばで勇七も深くうなずく。

不意に文之介は、なんとなく居心地の悪さを覚えた。これはなんだ、と思う間もなく、わけを覚《さと》った。誰かが見つめている。

文之介は、さりげなくそちらに顔をまわした。

野次馬のなかに二人の侍が立ち、鋭い眼差しを当ててきていた。町人たちが押し合いへし合いしているなか、その二人は身じろぎ一つしない。その姿は草原にそびえる大木のように目立っていた。

勇七もその二人に気づいている。

――何者だい。

文之介は、二人の侍と目を合わせずに考えた。ただの野次馬とは思えない。あの目の厳しさは野次馬たちとはまったく異なる。この三つの首の持ち主とかかわりがないはずがなかった。

どんな顔をしてやがる。

文之介は顔を向けることなく、ちらりと目だけを流した。

しかし、二人の侍は文之介の考えを読んだかのようにうなずき合い、次の瞬間、きびすを返すや、あっという間に野次馬のなかに紛れこんでいった。

舌打ちしたかった。残念ながら、顔はろくに見えなかった。

——勇七。

文之介は目で合図した。合点承知、というように勇七が顎をそうとわかる程度に引く。決して無理をするんじゃねえぞ、と文之介は心で告げた。わかってますよ、という答えが返ってきたのをはっきりと感じた。

勇七が文之介のそばを離れ、二人の侍を追いはじめた。

　つけられるのは向こうも百も承知だろう。まさか勇七に斬りつけるような真似はしないと思う。だが、万が一ということもある。だから、無理をするんじゃねえぞ、と文之介は心でいったのだ。

口にだしていわなかったことを後悔はしなかった。ほかの者ならいざ知らず、勇七に対してだけは、自分の思いが通じているという確信がある。

それに、勇七は慎重な男だ。危ういと思ったら無理をせず、その場で引き返せる冷静さを持ち合わせている。

四半刻ほど、文之介はその場で待った。その間に、東平野町の自身番の者たちによって、三体の死骸と首は片づけられた。

身許がはっきりすれば、遺骸は引き取られることになろうが、それまでは自身番に安置させてもらうことになる。町の者にとっては多大な負担だろうが、こらえてもらうしかなかった。

勇七が戻ってきた。少し情けなさそうな顔をしている。

「すみません」

文之介のもとに寄ってきて、開口一番、謝った。

「撒《ま》かれちまいました」

「そうか、まあ、気にするな」

文之介は勇七の肩をぽんと叩いた。幼い頃とちがい、がっしりとしている。たくましくなったものだなあ、と文之介はしみじみと思った。

「しかし、へまですよ」

勇七がうなだれる。

「だからいいんだって。気にするな。無理をして、怪我《けが》をしたりするよりはずっといいんだ」

ふう、と勇七が息をつく。

「そういわれると、あっしも助かります」

「おう、大いに助かっておきな。勇七にはこれからも力を貸してもらわなきゃならねえからよ、こんなことで落ちこまれちゃ、困っちまうんだ。わかったか」

「へい、よくわかりました」

文之介は笑みを浮かべた。すぐさま真顔になり、勇七に問う。

「どのあたりで撒かれた」

勇七が首を伸ばし、北のほうを眺めた。

「ここからあちらへ十町ばかり行ったあたりですね」

「武家屋敷が多い場所か」

「はい、あと寺も」

「ああ、そうだな」

「先ほどの二人、首を切り離された事件と関係がありますかね」

「まちがいなくあるだろうな。後ろ暗いところがなきゃ、勇七を撒くような真似はするまい」

「ああ、さいですね」

「できれば二人の侍の人相書《にんそうがき》を描きたかったが、俺はろくに顔を見ちゃいねえ。勇七はどうだ」

勇七が唇を嚙み、いかにも残念そうにかぶりを振る。

「あっしも人相書を描けるほど、二人の顔は見ていません」

「それじゃあ、仕方ねえな。しかしな、また会ったときわかる程度に顔は覚えたつもりだ。あくまでも、つもり、だから、ちと怪しいけどな」

勇七がにこりとする。

「今の旦那なら、大丈夫ですよ。昔とは出来がちがうんですから」

文之介は勇七の耳に口を近づけた。

「前はよっぽど出来が悪かったようにきこえるぞ」

勇七がささやき声で返す。

「お世辞にもいい出来とはいえませんでしたよ。それは、旦那もよくわかっているんでしょう」

五

おぐんがていねいに辞儀する。

「ありがとうございました」

「いえ、ひどいことにならず、本当によかった」

有安が穏やかな笑みとともにいった。

「先生のおかげです。本当にありがとうございました」

おぐんがまた深々と腰を折った。

「いえ、そのようなことはありませんよ。喜吉ちゃんの命の力がとても強かったということでしょうね」

有安の言葉に謙遜はない。心からそう思っている。丈右衛門にはそれがよくわかった。

「無事に育ちましょうか」

「今は信じることでしょうね」

「はい、きっとそういたします」

「薬はちゃんと飲ませてやってください」

「はい、承知しております」

おぐんが喜吉を抱き直す。喜吉が目を覚ましたが、またすぐに眠りに落ちた。規則正しい寝息を立てはじめる。

これなら本当に大丈夫だろう、と丈右衛門も安心した。

おぐんがもう一度有安に礼をいってから、体をゆっくりとひるがえした。

歩きだしてからも喜吉のことが気になってしようがないらしく、見てばかりいる。

だが、それでも丈右衛門の心のなかで、おみねさん、と呼んだおぐんの姿が忘れられない。

やはり、おみねはおぐんの娘ではないのではないか。つまり、喜吉はおぐんの孫ではない。

だが、どうしておぐんは喜吉は自分の孫であると嘘をついたのか。おぐんと喜吉のあいだに深いわけがあるというのは、まず疑いようがない。おぐんがおみねという女から喜吉を預かったのもまずまちがいない。そして、おみねがもはやこの世にないことも、はっきりしている。

ききたいが、きいたところでおぐんが話してくれるかどうか。

どういう事情なのか。おみねという母親から喜吉を預かったのなら、別に自分の孫であると嘘をつく必要はない。別に喜吉を奪って逃げたわけでもあるまい。

考えたところで、正しい答えが導けるはずがない。別におぐんが法度《はっと》に触れるような真似をしているわけでもなかろう。

そんな暗さは、おぐんの目のどこを探してもない。咎人かどうか、奉行所づとめから隠居してだいぶときがたったといっても、見抜けないわけがなかった。そのくらいの自信は揺るぎなくある。

深川富久町のおぐんの家に着いた。

「帰りは気が急《せ》いているせいか、ずいぶん遠く感じたわねえ」

おぐんが喜吉を寝かしつけながら、丈右衛門にいった。

「ああ、ちょっと疲れたな」

「えっ、本当に。丈右衛門さんてとても若く見えるから、疲れなんてないように思えるんだけど」

「若く見えるのはうれしいが、内実がついていっておらぬのでな。おぐんさんのほうがよほど若い」

「そんなことないわ。私はもう本物のおばあちゃんだもの」

喜吉の頬をつつく。喜吉はぐっすりと眠っており、目を覚まさない。

「ぴくりともしないわ。喜吉ちゃん、慣れないところに泊まって、よっぽど疲れたんでしょうね」

「赤子といえども、そういう面はあるだろうな。とにかく、よくなってよかった。まだ予断は許さぬのかもしれんが、喜吉ちゃんの顔色を見る限り、このまま風邪は抜けてくれそうだ」

「そうだったらいいんだけど」

「おぐんさん、信じることだ」

「ええ、有安先生もそうおっしゃっていたものね。信じましょう」

おぐんが丈右衛門に向き直る。

「将棋とは関係ないのに、朝早くから付き添っていただいて、とても助かった。ありがとうございます」

有安にしたように深く頭を下げてきた。

「いや、当たり前のことをしたまでだ。昨夜も喜吉ちゃんのことが気になって、よく眠れなかったからな、おぐんさんがついてくるなといっても、ついてゆくつもりだった」

おぐんがにっこりとする。

「丈右衛門さんがついてきてくれたおかげで、私はずいぶんと力づけられたわ。昨晩の喜吉ちゃんの様子からして、もう大丈夫って頭ではわかっていても、万が一のことがあったらどうしよう、ってどうしても考えてしまうの。あのまま有安先生のところに泊まりこんだほうがよかったんじゃないかって、思ったりもして」

「気持ちはよくわかるよ」

丈右衛門は、おみねのことを話してくれるのではないか、と期待したが、おぐんにその気配はなかった。

「こんなことがあったから、すまないけれど、もう将棋の相手はいいわ。突然の打ち切りでほんと申しわけないけれど、将棋を指そうっていう気にならないの」

「別に謝ることはない。いつまでって約束をしたわけでもないし。わしも十分に楽しませてもらった。こんな仕事とも呼べない仕事でお金をもらうのは、こちらのほうが心苦しくなってしまう」

「いいえ、丈右衛門さんのおかげで私も楽しかったわ。一日三十文じゃ、申しわけないくらいだわ」

ちょっと待っててね、いま持ってくるからといっておぐんが立ちあがり、隣の間に入ってゆく。すぐに戻ってくるかと思ったが、なにか小声でつぶやいている。

「おかしいわねえ」

そんな声がきこえてきた。

「どうかしたのかい」

丈右衛門は首を伸ばして、おぐんにたずねた。

「いえ、ちょっとこのあたりの位置が変わっているような気がして」

なに、と思って丈右衛門は立ち、おぐんに近づいた。こちらの部屋はおぐんの居間である。四畳半だ。

「なにかなくなっているか」

おぐんが首をかしげる。

「なにもなくなっているようには思えないんだけど」

「どのあたりがおかしい」

おぐんが指さす。

「この箪笥にそっちの文机」

「位置が変わっているといったが、どのあたりだ」

「箪笥と文机の引出しのなかのものの位置が微妙に変わっている感じなの」

「前の位置に戻そうとして、戻し損ねた感じかな」

「ええ、まさにそういう感じ」

おぐんがはっとする。

「まさか、盗人が入ったんじゃないでしょうね」

「盗人かどうかわからぬが、おぐんさんの留守中、入りこんだ者がいるのは、まちがいないようだ」

おぐんが青ざめる。丈右衛門にそっと身を寄せてきた。

「気持ち悪いわ」

「心当たりは」

「えっ、盗人に入られるような心当たりってこと」

おぐんが大きくかぶりを振る。

「ないわ、そんなの」

そうか、と丈右衛門はいった。おみねのことをきくいい機会かと思ったが、まだ尚早なのではないかという気がし、丈右衛門はその直感に素直にしたがった。

「おぐんさん、自身番に届け出をだすか」

「ええ、そうしたほうがいいわね」

「よし、わしから届けておこう」

「ありがとう」

「このあたりには知り合いの岡《おか》っ引《ぴき》もいるから、それとなく調べてくれるようにも頼んでおく」

はい、とおぐんが答えた。

「ねえ、丈右衛門さん」

おぐんが体を少しだけ離していった。

「定廻りをしていたくらいだから、剣の腕は立つわよね」

「だいぶ衰えたが、以前はまずまずだったと思う」

おぐんがなにをいいたいのか、丈右衛門はすでに予期している。

「ねえ、用心棒はお願いできる」

丈右衛門はにこりとした。

「うむ、わしはなんでも引き受けるようにしているゆえ、用心棒も大丈夫だ。衰えたとはいえ、盗人くらいなら、なんということもない。またやってきたら、必ず退治してみせよう」

丈右衛門はおぐんを見つめた。おぐんが見返してくる。

「おぐんさん、本当に盗まれたものはないのか」

「ええ、ないわ。やっぱり、ちょっとずつ動かしてあるだけよ」

「わしが考えるに、賊は、どうやらなにかを探していたようだな」

おぐんがぽかんと口をあける。

「なにかって」

「おぐんさんには心当たりがないのか」

丈右衛門はやや強い口調でいった。

えっ、とおぐんがおびえたような顔になり、身を引いた。

「心当たりなんてないわ。だって、なにもないでしょ、この家」

丈右衛門は少しだけ口調をやわらげた。

「おぐんさんが肌身離さずつけているものを、狙われたのかもしれんぞ」

「肌身離さずつけているものなんて、私にはないわ」

ふーむ。眉根を寄せ、丈右衛門は無言で顎をさすった。

「一つきいてよいか」

ええ、とおぐんがこくりとうなずく。

「おみねさんというのは、誰だ」

えっ、とおぐんがのけぞりそうになる。

「だっ、誰よ、それ」

その驚きように、丈右衛門のほうがむしろびっくりした。

「わしがきいている」

丈右衛門が冷静にいうと、おぐんがぶるぶると首を激しく横に振った。

んさんの娘ではない」

「知らないわ」

「だが、昨晩おぐんさんは、おみねさん、と口走ったぞ」

「それは、丈右衛門さんのききちがいよ」

「いや、ききちがいなどではない。わしは耳がよい」

「ききちがいよ。だって、私、そんな人、知らないもの」

「知っているはずだ。おみねさんというのは、喜吉ちゃんの母親だろう。そして、おぐんさんの娘ではない」

おぐんが黙りこんだ。きゅっと唇を引き結んでいる。それが、急に大口をあけて笑いだした。

「丈右衛門さん、本当になにをいっているのかしら。冗談にしてもつまらないわよ。昨晩、夢でも見たんじゃないの。私は本当におみねさんという人は知らないし、喜吉ちゃんは本当に娘が生んだ子よ。私のかわいいかわいい孫なのだから」

あくまでしらを切るつもりのようだ。まだ問う時期が早すぎたのを、丈右衛門は覚った。しくじりといえるのだろうが、ときをあらためればすむことだ。

わかった、と丈右衛門はいった。

「もうこの話題はやめよう。ところでおぐんさん、こんな妙なことを口走る男でも、まだ用心棒に雇うつもりはあるかい。もし心許《こころもと》ないと思うのであれば、わしは腕のよい用心棒を知っている」

丈右衛門の頭には、里村半九郎《さとむらはんくろう》の面影が浮かんでいる。文之介と親しくしている駿《すん》州《しゅう》の浪人である。

用心棒をもっぱらの職にしており、すばらしく腕が立つという。文之介の話をきく限り、どうやればあの男に勝てるか、丈右衛門のなかで方策は一切、浮かばない。

「ほかの用心棒なんかいらないわ」

おぐんがはっきりと告げる。

「私が頼れる人は、丈右衛門さん以外いないもの。将棋を何番も指して、気心も知れているしね」

「うむ、承知した」

丈右衛門は力強く答えた。おぐんが見あげてくる。

「お代はどのくらいでよいのかしら」

「相場がどのくらいか、わしも知らん。だが、その道をもっぱらにしている者と同じというわけにはいかんだろう。将棋と同じでよい」

「いえ、それは悪いわ」

「かまわぬ」

丈右衛門は鷹揚《おうよう》にいった。

「ほんとにいいの」

「ああ」

丈右衛門ははっきりといった。

「この仕事に入って用心棒は初めての依頼だ。お初ということで、特に安くさせてもらう。それとおぐんさん。一つ頼みがある」

「なんですか」

丈右衛門は告げた。

一瞬、おぐんは戸惑ったようだが、すぐにこくりとうなずいた。

第三章　ご隠居返し一本

一

心配でならない。

気が気でない。

お春は、いても立ってもいられない。今にもこの屋敷を飛びだし、文之介のもとに駆けつけたい。

文之介は風邪気味だった。いや、気味ではない。明らかに、たちのよくない風邪に冒されていた。

それなのに、凶悪な押し込みの賊たちを捕らえるため、町奉行所に泊まりこむという。大丈夫だろうか。風邪をこじらせたりしないだろうか。

それになにより、お春は寂しくてならない。一人ですごすのが、こんなにつまらないものだとは知らなかった。

いつも口数が多く、にぎやかな文之介がいないと、この屋敷はまさに死んだようになってしまう。

文之介に会いたくてならない。今どうしているのだろう。

風邪を引きつつも、一所懸命働いているにちがいない。自分の夫はそういう男である。自らを犠牲にしても、人のために役立ちたいと考えるたちだ。

そういう男だからこそ、お春は文之介に惚れたのだ。

町奉行所に泊まりこむことがあるのだと、お春は初めて知った。文之介だけでなく丈右衛門のことも幼い頃からよく知っているが、泊まりこむなんてことは、これまでなかったのではないか。

もちろん、自分は八丁堀で生まれ育った者ではないから、町奉行所につとめる者たちのしきたりはろくに知らない。

だから、そういうこともあるのだといわれると、そういうものかと思ってしまうが、文之介や丈右衛門たちとの長いつき合いのなかで、一度たりともなかったことがあるとなると、これはもしかすると裏があるのではないか、と疑ってしまう。

しかし、文之介は裏があるような人間ではない。いつも真っ正直に元気よく生きている。人を疑わない素直さが、売りの男といってよい。

その文之介がいうのだから、やはり本当に泊まりこんでいるのだろう。

しかし、やはりなにかわけがあるのではないか、という思いはどうしてかぬぐえない。

確かめたい。

どうすれば、確かめることができるか。

奉行所へ行き、本当に文之介が泊まりこんでいるかをきけばよい。

だが、もし文之介が泊まりこんでいないというのがわかったら、どうするか。

文之介をつかまえ、問い詰めるしかないだろう。しかし、自分にそんなことができるだろうか。

あの人は浮気をしているのだろうか。

まさか。

お春はすぐに打ち消した。

浮気などするはずがない。あの人のなかで、浮気という言葉は、一度も脳裏に浮かんだことはないのではないか。

あの人は、私のことを一途《いちず》に想《おも》ってくれている。これは、思いあがりなどでは決してない。

それに、町奉行所に行くのは、やはりよくない。夫がなにをしているか、まったく知らない妻ということを、喧伝するようなものだ。八丁堀は狭い村も同然である。噂はあっという間に広がり、文之介にも迷惑をかけることになるだろう。

町奉行所が駄目ならば、どこがいいだろうか。

お春の頭に、一人の男の顔が浮かんだ。

やっぱり、丈右衛門お義父《とう》さましかいないわね。

お春は手早く身支度をすませ、御高祖頭巾《おこそずきん》をかぶると、一人、屋敷の外に出た。

いつしか雲が取れ、澄明《ちようめい》な陽射しが町を包んでいた。風も透き通ってはいるが、あたたかみを感じさせるものに変わっている。道行く人たちの姿もゆったりと伸びやかで、明るい笑い声がときおり耳に届く。

永代橋を渡ってお春がやってきたのは、深川富久町である。この町で丈右衛門とお知佳、お勢の三人は暮らしている。

八丁堀も潮のにおいは濃いが、このあたりに来ると、体にしみつくというのか、もっと濃密な感じがする。

目の前に、清潔でとても居心地がよさそうな家が建っている。丈右衛門が知り合いから借りているという家である。まわりを背の低い生垣《いけがき》が囲み、東側に枝折戸が設けられ、そこから、木々が枝を寄せ合って草花が静かに風に揺れている庭に入れるようになっている。

御高祖頭巾を脱いだお春は枝折戸を抜け、庭に足を踏み入れた。穏やかな日を受けて鈍い輝きを帯びている縁側のある座敷のほうにまわる。その場で訪《おとな》いを入れようとしたが、座敷の日だまりに座りこんでいた丈右衛門がお春を認めた。

「おう、お春」

にかっとし、ゆっくりと立ちあがった。腕に子を抱いている。

お春はお勢ちゃんだと思ったが、すぐに別の子であると気づいた。厚手の布にくるまれて眠っている顔がちらりと見えたが、お勢よりずっと小さかったからだ。生まれて、まだ間もないように見えた。

一瞬、自分の知らないうちにお知佳が子を生んだのかと錯覚した。

「その子は」

お春は丈右衛門にたずねた。

「ちょっと事情があってな」

丈右衛門がうしろを振り返る。陽射しのせいで逆にやや暗く感じられる座敷の奥のほうに、お春の見知らぬ女がいた。老婆といってよい歳だ。六十をすぎているのはまちがいない。会釈をして濡縁に出てきた。お春を見て、目を細める。

「こりゃまたきれいなおなごだねえ」

丈右衛門が、せがれの嫁であることをおばあさんに告げ、お春には、仕事の依頼人のおぐんさんだと伝えてきた。

お春は、春と申します、よろしくお願いいたします、と深く頭を下げた。

「ぐんといいます。こちらこそよろしくお願いします」

おぐんも辞儀を返してきた。

「お春、よく来たな。あがってくれ」

丈右衛門に手招きされ、お春は失礼いたします、といって濡縁に腰かけた。

「そんなところではなく」

奥から出てきたお知佳にいわれた。いつものようにお勢をおんぶしているが、少し顔色が悪いように見える。

「風邪でもお引きになったのですか」

お春は案じてきいた。

「いえ、なんでもありません」

お知佳がにこっとする。その笑顔にも少し陰があった。

女には月に一度、厄介なものがある。それかもしれない。軽い人はなんでもないが、重い人は床に臥《ふ》せて動けなくなることもあるくらいだ。あのときのつらさというのは、男の人には決して解することができないものだろう。

「お春ちゃん、そんなところではなく、あがって」

お知佳に重ねていわれた。そこまでいわれて断るのもどうかと思い、お春は沓脱《くつぬ》ぎで草履《ぞうり》を脱ぎ、座敷にあがった。裾《すそ》をそろえて正座する。

「どうした、お春、なにかあったのか」

お知佳に気がかりそうな目を向けてから、膝の赤子をそっと抱き直した丈右衛門がきいてきた。

「こんなことを話していいものか、わからないんですけど、ほかに相談する人もいないものですから」

「なんだ、深刻そうだな」

「いえ、そんなたいしたことではないんですよ」

「しかし、そのようには見えぬな。気が気でないのではないか。となると、文之介のことか。お春、話してみろ」

「私、遠慮しようか」

おぐんが丈右衛門にいった。お春はやわらかくかぶりを振った。

「いえ、一緒におききになってください」

「えっ、でも」

「いいんです」

「どうやら、どちらかというと女の人にきいてもらいたいようだな。おぐんさん、遠慮することはなさそうだぞ」

丈右衛門が口を添える。

それなら、といっておぐんが背筋を伸ばして座り直す。それだけで、武家に通ずるような品のよさが漂った。大名屋敷に奉公に出たことがあるのかもしれない。

お春は目を丈右衛門に戻した。軽く咳払いをし、唇をそっと湿した。静かに話しはじめた。

「泊まりこみか」

きき終えて丈右衛門が声を発した。

「決してないわけではない。だが、そういうことをなくすために、番所の近くに組屋敷がつくられ、皆がかたまり合って暮らしている。いくら残忍な押し込みがあったからといって、泊まりこむようなことはまずないな」

やっぱり、とお春は思った。

「だが、浮気でもないぞ」

丈右衛門がきっぱりと告げる。

「お春もわかっているだろうが、文之介はおまえにぞっこんだ。ほかの女など、まったく目に入っていない」

それも確かだろう。

「だとすると、あいつには屋敷を出た別の理由がある」

「それはなんでしょう」

あのさ、とおぐんが横からいった。

「私にも亭主がいたんだけどね」

はい、といってお春はおぐんの次の言葉を待った。

「同じようなことがあったよ」

さようですか、とお春はおぐんに期待のこもった目を向けた。

「私の亭主は一時、飲んだくれで仕方なかった。それは医者をやっていて、患者を死なせたときなんか、飲まずにいられなかったからなんだけどね。私に向かって愚痴をこぼしてばかりで、そりゃもう天下一品の陰気な酒だったわ」

この人の旦那さまはお医者だったのか、とお春は思った。品が感じられるのは、日々の暮らしのなかで、人々の生き死にを目の当たりにしてきたせいかもしれない。そういう人は、なにかしら性根《しょうね》が据わっているものだろう。そこからくる覚悟みたいなものが、武家に通ずる品のよさとして感じられるのかもしれなかった。

「私はいつも口を酸っぱくして、お酒をやめるようにいったもんさ。しかし、亭主はまく耳を持たなかった」

はい、というようにお春は顎を上下させた。丈右衛門はよく光る目をおぐんに据えて、じっと耳を傾けている。

「ある日、亭主が患家に泊まりこむっていって、着替えなんかを持って助手の若いお兄さんと一緒に出ていったの。私はその言葉に疑いなど、一切はさまなかった。素直に信じたのよ」

私と同じだ、とお春は思った。

唾《つば》をのみこんで、おぐんが続ける。

「最初はあの飲んだくれと離れられて愚痴もきかずにすんで、せいせいしていたんだけど、何日かするうちに寂しくなってきちゃったんだよ」

それはよくわかる。ずっと一緒にすごしてきたところに、ここで文之介が急にいなくなった。それからまだ何日もたっていないのに、お春は寂しくてならない。たまに、本当にたまにだが、文之介の口数の多さに閉口することはあった。だが、それすらも今は恋しくてならない。文之介のすべてが好きなのだ。痛いほどにそのことがわかる。

おぐんの口が動いている。

「それはいいんだけどさ、五日ばかりしたときに、私、助手のお兄さんとばったり町なかで会ってね。こんなところでなにしているの、ってきいたら、頭をかいて、いやあ、まずいとこで会っちゃったなあっていうんですよ」

亭主と助手は患家にはおらず、助手は休みをもらったという。亭主がどこにいるのか、知らなかった。

「私は浮気じゃないかって疑ったのよ。帰ってきたらとっちめてやろうと手ぐすね引いて待っていたの。もしかしたら、このまま帰ってこないんじゃないかっていう気もしないではなかったんだけど、必ず帰ってくるって信じていたの」

「その願いはかなったわけだな」

丈右衛門がおぐんにいった。

「ええ、それから十日ばかりして、ようやくね。怒鳴りつけようと思ったんだけど、亭主がずいぶんとすっきりした顔をしていてね、その顔を見たら、これは浮気じゃないなってなんとなくわかったの。それで、助手のお兄さんに会ったことを話して、なにをしていたか、私、きいたのよ」

「ご亭主はなにをされていたんですか」

お春は興味津々でたずねた。

「酒を断とうと思って、知り合いの寺にこもっていたんですって」

「お酒をお寺さんで」

「ええ。毎晩、ふつか酔いになるくらい酔っ払って愚痴をいっているのが、私にすごく迷惑をかけているからなんとかしようと思っていたところに、患者さんから酒を断てるお寺さんがあることをきいて、これだと思ってさっそく行ってみたんですって」

「お酒は断てたのですか」

「ええ、それからはものの見事に一滴も飲まなかったわ。私は愚痴をきかずにすむようになってありがたかったけれど、お酒を飲まなくなっていつも元気なあの人を見ていたら、飲んでは愚痴をこぼしてばかりいた頃がなつかしく思えてきたから、女ってのは勝手なものよね」

おぐんが一つ、長い息をついた。

「あの人が私のためにお酒をやめてくれたというのが、すごくうれしかったわ」

「女の人は、男の人が自分のためになにかしてくれると、すごくうれしいものなんですよね」

「そうそう。お春ちゃんもやっぱりそうでしょう」

「はい、その通りです」

「そんなことされたら、ほんと、惚れ直すわねえ。身も心もめろめろって感じよねえ」

柔和な笑みを浮かべていったおぐんが一転、真摯な目でお春を見る。

「浮気はしないご亭主だっていうから、きっと文之介さんはあなたのために、お屋敷を出たんじゃないかしら」

「もしそうなら、本当にうれしいんですけど、なんのために屋敷を出ていったのか、私には見当もつきません」

「それでもいいじゃない」

おぐんが励ますようにいった。

「帰ってくれれば、きっと謎が解けるわよ。文之介さんが種明かししてくれるわ」

「わしもそう思う」

丈右衛門が同意を示す。

「文之介はなにかわけがあって、屋敷をあけたのだな。それはきっとお春、おまえのためだ」

「私のため……」

丈右衛門が大きくうなずく。

「おぐんさんのいうように、今はわからずともよいではないか。文之介が帰ってくれば、はっきりする。それまで楽しみにしておくことだ」

二

泣き崩れた。

棺桶《かんおけ》にすがり、号泣しはじめた。

「玉蔵っ、なんでこんなことに」

うめき、叫ぶような声が、東平野町の自身番に響く。

文之介は見ていられなかった。しかし、しっかりと目をあけ、泣き叫ぶ女の姿をじっと見ていた。

本当なら、ここに玉蔵の母親であるおらんを連れてきたくはなかった。こういう光景を必ず目にするのが、わかっていたからだ。だが、仏の身許の確認はどうしてもしなければならなかった。

身許を確かめてもらうのには、やはり血縁以外なかろうということで、文之介と勇七は玉蔵の父親をまず当たった。

錺職人だった父親は幼い頃に玉蔵と暮らしていた家を出てはいなかったが、とうに病を得て亡くなっていた。

ならば、あとは母親しかいなかった。玉蔵が小さな頃に離縁状をもらい、家を出ていったおらんである。

家を出て最初に越したところにはもういなかったが、次の引っ越し先にはいた。おらんは一人だった。離縁状をもらった割に、結局は再婚しなかったようだ。

おらんの家は深川西町《にしちょう》にあった。小さな一軒家からは横川《よこかわ》の流れが望めた。

おらんは家で縫物をしていた。前置きもなく訪ねてきた文之介と勇七を見て、驚きを隠せなかった。まあ、二人ともご立派になって。おらんさんも元気そうでよかった、と文之介がいうと、目もだいぶ悪くなっちまったけど、今はこれでなんとか生計を立てていると口にした。

文之介はおらんが昔と変わらない様子でいるのがうれしかったが、これから告げなければならないことを思うと、心が沈んだ。

だが、ここで逃げるわけにはいかなかった。身内の死を伝えるのも、町方役人のつとめの一つである。

文之介はまず、いま玉蔵がどこでなにをしているか知っているか、おらんに確かめた。

なにしろ玉蔵が幼い頃に家を出ていってしまった女である。玉蔵のことはまったく知らないかもしれなかった。

だが、案に相違しておらんは、玉蔵は武家に奉公している旨をはっきりと伝えてきた。

相変わらず中間奉公をしているが、上の人に気に入られ、剣の腕も認められて、このまいくと、もしかすると侍に取り立てられるかもしれないと、うれしそうに話した。

玉蔵は、おらんと切れてはいなかったのだ。むしろ、繁く会っていたにちがいない。

そのことがわかって文之介はつらさがより増したが、玉蔵に似ている者の死骸が見つかったと自らを励ましていった。

おらんは甲高い声を立てて笑い、文之介さん、冗談がすぎますよ、とおかしそうにいった。

冗談などではないんだ、と文之介が真剣な口調でいうと、今度は、人ちがいでしょう、とおらんは一顧だにしなかった。だって、あの子が私を残して、死ぬわけがありませんからねえ。

文之介が、遺骸《いがい》は東平野町の自身番に安置しているというと、おらんは少しだけ動揺を見せた。

それで、玉蔵の奉公先の武家が東平野町の近くにあるのではないかと文之介は考えた。勇七もそういうふうに思ったことは、顔を見ずとも知れた。

とにかく一度、遺骸を見てほしいと文之介は頼みこんだ。それでちがうとなれば、おらんさんも安心だろう。

しかし、そのときにはあの死骸が玉蔵であるのは、もうくつがえしようがないほど、文之介のなかでは確信あるものとなっていた。

文之介はおらんにいい添えた。ただ、死骸の首は胴体と切り離されており、しかも焼けこげているんだ。

それをきいてさすがにおらんはびっくりした。なんて酷いことを。どうしてそんなことができるんでしょう。でも文之介さん、それじゃあ、うちの子かどうか、確かめようがないんじゃないんですか。

文之介はいや、といって首を振り、言葉を続けた。それでも、見てもらえばはっきりすると思うんだ。

わかりました、確かめますよ、とおらんはついにいい、文之介たちの案内で、東平野町の自身番へと重い足を引きずるようにやってきたのである。

足取りには、本当にせがれかもしれない、せがれだったらどうしようという覚悟の思いがあらわれていたが、その反面、表情には、人ちがいに決まっているじゃないの、という楽観の思いが垣間見えていた。

自身番にやってきて文之介が棺桶の蓋をあけたとき、おらんはわずかにひるみを見せ、いやいやをするような仕草をした。

文之介が、すまないがよろしく頼む、とうながすと、棺桶のなかを背伸びするように見、それからゆっくりと近づいて、おそるおそるのぞきこんだ。

はっと息をのみ、直後、おらんの体がかたまった。

それから号泣がはじまったのである。

そのままおらんは泣き続けた。

どのくらいたったものか、時の鐘がきこえてきた。あれは四つを知らせるものだろう。鐘の音を合図にしたかのように、おらんは不意に静かになった。おそらく半刻《はんとき》ほどは泣いていただろう。

棺桶にもたれたまま、まったく身じろぎをしなかった。泣き疲れた赤子のように、そのまま寝入ったのではないかと思えるほどだった。

唐突に顔をわずかに動かし、腫《は》れあがった目を文之介のほうに向けてきた。しかし、瞳は文之介を見ていなかった。目は虚空《こくう》に当てられている。髪が乱れて、まるで幽鬼のようだ。


「大丈夫かい」

文之介は声をかけた。おらんから応《いら》えはなかった。

まだ話せるような心持ちではないな。

そう判断した文之介は、おらんが口をひらける状態になるまで待つことにした。

その直後、おらんが、まちがいありません、とぽつりといった。

「玉蔵なんだな」

文之介は静かにきいた。

「はい、私の息子です」

おらんはつぶやくように答えた。

「気落ちするなといっても無理だろうが、元気をだしてくれ」

「今日から私、どうやって生きていけばいいんだろう」

おらんが独り言を漏らす。

「私、生きていけない。無理よ」

「そんなことをいわんでくれ」

文之介はしゃがみこみ、細い肩をつかんだ。

「生きてくれ。頼む。玉蔵もそれを望んでいると思う」

「私、ほかに好きな男ができて、家を出たんです。あの子は私をうらんだでしょう。それで性格がひねくれて、あんな嘘つきになってしまったんでしょう」

おらんが新たな涙が出てきて、それを指先でぬぐう。

「私はでも、その男に捨てられました。亭主と子を捨てるような女は、しっぺ返しを食らうものなんですよ。その後、私はずっと一人です。亭主と玉蔵のもとに戻ろうかなんて、身勝手なことも考えましたけれど、さすがにそれはできませんでした」

文之介は黙ってうなずいた。勇七も同じ身ぶりをしている。

「それが何年か前、あの子が私を訪ねてきたんです。どうやって私の家を探したのかときくと、たやすいことさ、人別帳《にんべつちょう》を見せてもらったんだっていいました。無宿人になるのはいやでしたから、私、人別送りだけはちゃんとしてあったんです。それをたどって、あの子は私のところまで来たんです。亭主の死を知らせるためでした。別に知りたくないかもしれないけれど、と寂しそうに笑っていましたけど、私はありがとう、よく来てくれたわといって、玉蔵とともに亭主の墓参りをしました」

おらんは落ち着いた口調で話している。

「よく顔を見せられたな、とののしられるかもしれないと思っていましたけど、亭主の墓の前に立ったら、よく来てくれたってしみじみいう声がきこえたような気がしたんですよ。私の身勝手な思いこみかもしれませんけど、亭主が喜んでくれた気がして、ああ、来てよかったなあ、と思いました」

墓参りをしたときに、気持ちが晴れ晴れとするのは、やはり歓迎されているからだろう。これは、おらんの勘ちがいなどでは決してない。

「それから、玉蔵は暇を見つけては、ちょくちょく私のところに来てくれるようになりました。あの子はすっかりたくましくなって、昔の面影など、ほとんどありませんでした。生まれつきめくれあがった唇以外、すべて変わっていましたよ。武家奉公していることも、侍になれるかもしれないことも、うれしそうに話してくれました」

おらんが嗚咽を漏らす。

「私に、これから一所懸命、親孝行させてもらうからさ、といってくれたのに……」

そのあとは言葉にならなかった。

無念だったろうな。文之介は玉蔵に語りかけた。涙が出て、頬を濡らした。

こうなる前に、玉蔵、一度、会いたかったなあ。

文之介はぐいっと涙をぬぐった。

玉蔵、必ず仇は討ってやるからな。

勇七も泣いている。文之介と同じ決意をしている。それは気持ちを確かめずとも、はっきりと伝わってきた。

玉蔵が奉公していた武家は、松平駿河守信法《まつだいらするがのかみのぶのり》といった。石高は八千五百石、大身《たいしん》の旗本である。

それも道理だった。

信法は現将軍の息子で、この家に養子に入ったのだから。将軍の息子なら大名家に養子入りしてもなんらおかしくないが、すべての子が大名になれるわけではない。信法のように、旗本の養子に入る者も珍しくない。あるいは、新たに旗本家を興す者もいる。

文之介と勇七は、元加賀町《もとかがちょう》にある松平駿河守の屋敷の前にいる。ここは、玉蔵たち三人の死骸が見つかった場所から、丑寅《うしとら》の方向へ三町ばかり行ったところにある。

すでに松平駿河守の代々頼みの者を通じ、三人がこの家の者ではないかという打診はした。

大名家や旗本の者が江戸市中で面倒を起こした際、表沙汰《おもてざた》にすることなく、すみやかに処理をしなければならないが、そのために町奉行所の者に昵懇《じっこん》の者をつくっておく必要があり、そのことを代々頼みとか、頼みつけと呼ぶ。

松平駿河守の屋敷からは、確かに三人は我が家《いえ》の者であり、手討ちにした者であるとの回答があった。

松平駿河守の屋敷から人が出て、三人の首と遺骸を引き取った。手討ちにした理由や、それを東平野町に捨て、さらに焼いた理由は明らかにされなかった。

文之介たちは釈然としない。このままでいいわけがなかった。玉蔵に誓った仇討もできない。

屋敷に乗りこみ、松平駿河守信法と会ってじかに話をしたい。

しかし、そんなことができるわけがなかった。旗本は町奉行所の管轄ではない。縄張ちがいだ。今回の件は目付《めつけ》が調べることになっているが、将軍の息子に対し、どの程度の調べができるものか。期待できるわけがなかった。

文之介自身、屋敷に乗りこみたいくらいの気持ちだ。だが、法を一番に守るべき者が法を破るわけにはいかない。

文之介と勇七は唇を嚙んで、その場をあとにした。だが、このままではすまさぬ、という思いで一杯だ。

町奉行所に勇七とともに戻った文之介は松平駿河守信法のことをあらためて書類で調べてみた。

歳は二十八というから、まだ若いといえる部類だろう。

別に役に就いているわけではなく、無役である。いわゆる寄合《よりあい》というものだ。三千石以上の無役の旗本をこう呼ぶ。

将軍の息子なら、別に役に就く必要もないだろう。上からさまざまな援助があって、家臣たちを養ってゆく上でも、なんの憂いもなかろう。

松平駿河守信法は悪い噂はきかない男だった。これまで家臣を手討ちにしたことなど、一度もなかったようだ。それが、こたびはどうしたことか。

それとも、文之介の考えたように、やはり何者かが見せしめのために松平家の家臣を殺したのか。もしそうだとしたら、どういうことなのか。

松平駿河守信法がなにか首を突っこんでいることがあるのか。もしあるとするなら、それはなんなのか。

それにしても、家臣をその何者かに殺されたとして、松平駿河守信法が沈黙を守っているのは、どういうわけなのか。

首を突っこんでいるのが悪事だから、無言を貫くしかないのか。

大門で待つ勇七のもとに戻ろうとして、文之介は小者に呼びとめられた。小者は与力《よりき》の桑木又兵衛《くわきまたべえ》づきの者だ。又兵衛は、文之介の上役に当たる与力である。

「桑木さまがお呼びです」

なんのご用だろう、と思いつつ、文之介は小者の先導で又兵衛の詰所に向かった。

「御牧さまをお連れしました」

小者が襖《ふすま》に向かって声をかける。入れ、という声が間髪をいれずに返ってきた。小者が襖を静かにあける。文之介は、失礼いたします、と頭を下げて敷居を越えた。

大きな文机の前に、又兵衛が座っていた。文机には書類の束が積み重ねられ、今にも崩れそうになっている。

「座れ」

文之介はその言葉に素直にしたがった。うしろで襖が閉まる。

文之介はいきなり咳きこんだ。又兵衛の前でいつまでも咳をしていたくはなかったが、なかなかとまらなかった。

ようやくとまったときには、涙が目尻に浮いていた。それを指先でそっとぬぐった。

又兵衛が穏やかな目で見ている。

「風邪か」

「はい。申し訳ありません」

「なにを謝る」

「日頃の心がけが悪いゆえ、風邪を引いてしまうのではないかと」

「心がけで風邪を引かぬようになるのなら、風邪を引く者がこんなに多いわけがないな。気にするな。それよりもだ」

又兵衛がじっと見てきた。文之介は自然に背筋を伸ばした。

「そなたを呼んだのは、ほかでもない。松平駿河守さまのことだ」

文之介は目をぱちくりさせた。どうして又兵衛の口からその名が出てくるのか。

「いま調べを進めているそうだな」

「調べと申すより、松平駿河守さまのことを知ろうとしているだけです」

「やめておけ」

「えっ」

「よいか。これは命だ」

又兵衛は少し苦しげな顔をしている。こういう顔のときは、本意ではないのをあらわしている。どうやら又兵衛に、上から力がかかったようだ。

又兵衛の上というと町奉行しかいない。もっとも、町奉行自身にも、同じように上からの力がかかったに相違ない。

「文之介。三人が首を切り離され、殺された一件からは手を引くように。わかったな」

文之介はぎゅっと口を引き結んだ。

「返事は」

文之介は息をつき、又兵衛の顔を見た。厳しい眼差しだ。

しかし、瞳の奥に悔しげな光が宿っているのを、文之介は確かに見た。

又兵衛としても文之介に探索を続行させたいと思っているが、それができないことを不本意に思っている。おのれの無力さを感じている。

「三人のうちの一人は、玉蔵というそうだな。そなたの幼なじみときいた。幼なじみを殺されて手を引けといいたくはないが、文之介、ここはこらえよ」

又兵衛が静かに目を閉じた。気づかないうちに、額や目尻にずいぶんとしわが増えている。又兵衛は丈右衛門と同じで、歳より若いと思っていたが、ここ最近はむしろ少し老けてしまっているようだ。

この人は町奉行と自分たち下の者のあいだで、板挟みになっている。そのことが掌中《しょうちゅう》にしたようにわかり、文之介は納得した。それに、この人の顔を潰すわけにはいかない。

文之介は深く辞儀をした。

「承知いたしました。こたびの一件からは手を引きます」

「そうか。わかってくれたか」

又兵衛が目をあけていった。瞳には、すまぬといいたげな光があらわれている。文之介は、気にしないでくださいというように笑ってみせた。

「では、これにて失礼いたします」

人けのない廊下を一人、歩き進んだ。将軍の息子では、と文之介は思った。どうやっても手だしできない。くそう、と胸のうちで毒づいた。せいぜいがこのくらいしかできはしない。

玄関を出て、敷石を踏んで大門に向かう。ずいぶんと暗い。まだ夕暮れという刻限でもないのにくすんだような景色になっているのは、厚い雲がびっしりと空を覆っているからだ。風も涼しさを通り越して、寒いくらいである。

勇七の姿が見えてきた。文之介は急ぎ足で近づいた。

勇七はもの問いたげな顔をしている。

文之介はどういうことになったか、手早く説明した。

勇七は悔しそうな顔をしたが、自分だけでなく、文之介もやるせない気持ちになっていること、そして、又兵衛も自らの不甲斐なさを噛み締めているだろうことに、思いが至ったようだ。

「わかりやした。今は一件から手を引きましょう」

勇七が見つめてきた。

「それにしても悔しいですね」

「まったくだ」

文之介は同意した。

「しかし、今は押し込みの探索に戻るしか手はねえ。押し込みに殺された十二人の無念を晴らしてやるのも大事な仕事だ。今のところは、玉蔵のほうは後まわしってことだ」

「ええ、わかりましたよ」

「悔しさを胸に抱きつつも前に進むしかねえ。とりあえず、玉蔵たちのことは忘れる。いま俺たちがすべきことはそれだけだ。天網恢々疎《てんもうかいかいそ》にして漏らさず、ということわざもある。いつかきっと真相を暴ける日がやってくる」

文之介は自分にいいきかせるようにいった。しかし、玉蔵の無念の顔は決して忘れることはできない。それでよい、と思った。それでこそ事件を解決に導けるはずだ。

文之介と勇七は、砂栖賀屋のある北森下町に向かって歩きはじめた。

「旦那、風邪の具合はどうですかい」

うしろからきかれた。

「ひでえもんだ」

勇七が眉をひそめた気配が伝わってきた。

「お春ちゃんのもとに戻ったら、いかがですかい」

「いやだ。風邪をうつしたくないから、戻らねえ。もしうつしちまったら、お春が楽しみにしている集まりに行けなくなっちまう」

「気持ちはわかるんですけどねえ、なにもそこまでやることはないと思うんですよ」

「いや、こういうのは徹底してやったほうがいいんだ。そうに決まってる」

「そうなんですかねえ」

勇七は疑わしげな顔だ。

「勇七、おめえは俺をもう泊めたくねえからそんなことをいうのか」

「滅相もない。あっしが泊めたくないなんてこと、あるわけないじゃないですか」

「そうなら、文句をいわず、黙って泊めてくれ」

「わかりました。あっしはもうなにもいいませんよ」

「それでいい」

いった途端、文之介はふらついた。熱が出てきているのかもしれない。

「旦那、大丈夫ですかい」

勇七がうしろから近づいてきた。文之介の顔をのぞきこもうとする。腕を伸ばしていたから、額に手のひらを置こうとしたのかもしれなかった。

文之介はその瞬間、くしゃみが出そうになった。くしゃみをとめるのか、それとも顔をそむけたほうがいいのか、迷ったのがいけなかった。まともに勇七の顔にくしゃみを浴びせてしまった。

「うわっ」

勇七が悲鳴をあげ、のけぞった。

「旦那ぁ」

しぶきが一杯についた顔を向けてきた。情けない目になっている。

「すまねえ。いきなりおめえの顔が、目の前に出てきたからな、ついやっちまった」

「ついやっちまったって、いったいどういう意味ですかい。まったくもう」

文之介は手ぬぐいを取りだし、勇七の顔をごしごしふいた。

「旦那、痛いですって」

「すまねえ」

文之介は手ぬぐいを引っこめた。

「もっとやさしくふいてくださいよ」

文之介はいわれた通りにした。

「旦那、あんまりあっしが家に帰れ帰れっていうんで、その意趣返しをしたんじゃないんでしょうね」

「馬鹿をいうな」

文之介は手ぬぐいを持つ手をとめた。

「俺がそんなさもしい真似をするか」

勇七がにかっとする。

「そうですよね。旦那はそんなつまらないことをするような男じゃありませんからね。まあ、それだけ盛大なくしゃみができるってことは、逆に元気な証ですよ。近いうちに、風邪も飛んでいっちまうに決まってますよ」

文之介もにこりとした。

「勇七のいう通りだ。だが、近いうちなんてせせっこましいことはいわず、あっという間に治っちまうに決まっているさ」

「その意気ですぜ、旦那」

勇七が、拳《こぶし》を天にぶつけるような勢いでいった。

「その意気でやれば、きっとすべての事件は解決ですよ」

三

ふらりとした。

お知佳が甕に手を置き、もたれかかる。甕が少しかしいだ。

あっ。

布団で寝ているお勢の様子を見つつも、お知佳を視野のなかに常に入れるようにしていた丈右衛門は素早く立ちあがり、台所に駆け寄った。

「大丈夫か」

両手を差し伸べる。

それを耳にして、お知佳が目をあける。瞳が丈右衛門をとらえた。

「ああ、あなたさま」

甕から手を離したお知佳が丈右衛門に寄りかかり、軽く頭を振った。お知佳からいい香りがふんわりと漂った。

「ちょっとめまいがして」

「しばらく寝ていたほうがいいな」

「でも、そういうわけには。夕餉の支度がありますから」

「それくらい、わしがやる」

「あなたさまが……」

丈右衛門はお知佳を見つめ、熱い口調で語った。

「あまり馬鹿にしたものではないぞ。文之介と二人で暮らしていた頃は、交互に支度をしたものだ。まずまずうまくやれたものだったぞ」

「文之介さんはあなたさまの食事を口にされて、どんなことをおっしゃっていました」

丈右衛門はちょっと詰まった。眉尻が下がり、少し情けない顔になったのが、自分でもわかった。

「少なくとも、おいしいとはいったことがなかったな。あいつのことだから、あしざまにいうことはなかったが、あまり満足していなかったのは確かだろう」

「ほら、やっぱり。それでは駄目ですよ。おぐんさんにも召しあがっていただかなければならないのですから」

おぐんは、いま隣の部屋で書見をしている。先ほどちらりと様子をうかがったが、そばで眠る喜吉を見守りながら、将棋の本を熱心に読んでいた。

「いや、しばらくはわしがやる。おぐんさんを満足させるものをきっとつくろう。そのあいだ、お知佳は寝ていなさい。今は大事な時期だ」

お知佳は、でも、といったが、丈右衛門は手で抱くようにしてお知佳を座敷に導いた。押し入れから布団をだし、手際よく敷く。

「よし、寝てくれ」

お知佳はあまり横になりたくない表情だ。だが、またふらりとしかけた。

「ほら、いわんこっちゃない。さあ、横になりなさい」

「わかりました」

さすがに今のはこたえたようだ。丈右衛門は、やさしくお知佳を布団に横たわらせた。掻巻を上からかける。

丈右衛門は枕元《まくらもと》に腰をおろした。

「どうだ、寒くないか」

「はい、大丈夫です」

お知佳が笑みを浮かべていう。無理に笑顔をつくっている感じはない。

「寒かったら、わしのどてらもかけてあげよう」

「すみません」

「謝らずともよい。夫婦なのだから、助け合うのは当然だ」

丈右衛門はお知佳をじっと見た。少し顔色が青いか。なにか精のつくものを食べさせてあげたいが、なにがいいだろうか。

「さあ、眠りなさい」

「はい」

お知佳が逆らうことなく目を閉じる。

「ぐっすり眠るんだぞ」

「はい。――あなたさま」

お知佳が、目をつぶったまま呼びかけてきた。

「なにかな」

「しばらくここにいてください」

お勢のことが気になったが、あの子のことだから、なにごともないように熟睡しているだろう。

「わかった」

「私が眠りにつくまで離れちゃいやですよ」

わかった、と丈右衛門は繰り返した。お知佳の手を握る。やわらかな感触が伝わってきた。

そっと握り返してきた。お知佳はすっかり安心しきった表情だ。

やがて、健やかな寝息を立てはじめた。これだけ早く寝付くということは、やはり疲れがたまっていたのだろう。子をはらむというのは男にはわかりにくいが、たいへんなことなのだ。

それにしても、おなごとはなんともかわいいものだな、とお知佳の寝顔を見て、丈右衛門はつくづく思った。

わしの宝物よ。未来永劫《えいごう》、大事にしなければならぬ。

もっと握っていたかったが、丈右衛門はお知佳の手をそっと放した。一瞬、お知佳のまぶたがぴくりと動いた。だが、寝息の安らかさは変わらない。

丈右衛門は、お知佳の手を搔巻のなかに静かに戻した。

ゆっくりと立ちあがり、部屋を出る。お知佳の顔を見つつ、腰高障子を音もなく横に滑らせる。お知佳の顔が消えると、廊下を歩き、夫婦の居間に向かった。

なにごともない顔で、お勢が眠りこけていた。こういうとき、この子は本当に楽だ。女の子らしからぬ図太さがある。

お勢をおんぶし、丈右衛門は台所に行こうとした。台所の前で足をとめた。喜吉をおんぶしたおぐんが台所に立っていた。

「丈右衛門さん、あなた、やさしいわね」

いきなりいわれ、面食らった。

「なんの話だ」

「なんの話もなにも、お知佳さんに対する態度よ」

「見ていたのかい」

「見ちゃいないわ。きこえてきたの」

そうか、と丈右衛門はいった。

「だが、おぐんさん、どうしてここに」

「丈右衛門さんが夕餉をつくるっていうから、お手伝いしてあげようと思ってさ。こう見えても、私、けっこう包丁は達者なのよ」

「おぐんさんは料理がうまいんじゃないかとは思っていたさ」

「えっ、どうして。私、丈右衛門さんになにか食べさせたこと、一度もないわよね。将棋の相手をしてもらっているときの昼餉も朝、私が菜屋で買ってきておいたものを食べてもらったし」

おぐんに振る舞ってもらったのは、煮豆や煮物などで、それをおかずに昼餉をいただいたものだ。

「たいした理由はないが、買ってくるものがなんでもおいしかったし、皿に盛りつけるのも実に上手だった。それらに、勘のよさみたいなものも感じた。あとは身につけている仕草や雰囲気からして、包丁が達者なんじゃないかって思っていた」

「へえ、よく見ているのね。さすがは元八丁堀の旦那ね」

「つい観察してしまうのは、病みたいなものだな」

「さて世間話はそこまでにして、なにをつくろうかしらね。お知佳さんは、なにをつくろうとしていたのかしら」

「魚を焼こうとしていたのと、あとは揚げ豆腐とこんにゃくを買ってきていたようだな」

「魚は秋刀魚《さんま》ね。へえ、こりゃ、いいものだわ。丸々太ってて、脂《あぶら》がよくのってる」

感心したようにいって、おぐんが丈右衛門を見る。

「丈右衛門さん、秋刀魚は焼ける」

「焼けるさ」

「あら、たやすそうに見えて、意外に秋刀魚を焼くのってむずかしいのよ」

「えっ、そうなのか」

「ほら、やっぱり知らないでしょう。七輪《しちりん》で焼くのは当たり前だけど、焼きが足りなくても生っぽくなって駄目だし、余分な脂を落とさなきゃいけないんだけど、焼きすぎて脂を落としすぎるのも、ぱさぱさになっておいしくないの。ちょうどいい塩梅の焼き具合ってむずかしいのよ。できる」

「がんばってみる。なにかこつのようなものはあるのかい」

「まずは秋刀魚に塩を振っておくことね。一尺ほどの高さから振ると、まんべんなく塩がついていいわよ。塩を振るのはね、秋刀魚から余分な水気をだすためよ。出た水気はきれいにふき取っておいてね」

「へえ、そんなことをするのか」

「殿方はほんとになにも知らないわねえ。水気をだしたほうが生臭さが消えるし、ふっくらと身が焼けるのよ」

「ああ、そういうものなんだろうな。ほかになにかあるかい」

「七輪の網をよく熱しておいてから、秋刀魚を置くと、皮が網にくっつかなくて、引っ繰り返しやすくなるわ」

「へえ、そういうものか」

おぐんがくっくっと笑う。

「丈右衛門さん、本当になにも知らないのね。それでよく息子さんと代わる代わる食事の支度ができたものね」

「せがれも料理など、ろくに知らぬからな。知らぬ者同士、怖いものはない」

「まあ、そういうものなんでしょうね」

妙に納得したような声をおぐんがだした。

「身に切れ目を入れておくと、火が通りやすくなるわ。あとは真っ黒にしないように気をつけてね」

「わかった、やってみよう」

「外で焼かなきゃ駄目よ。秋刀魚はなにしろ煙がすごいから」

「承知した」

丈右衛門はおぐんを見やった。

「おぐんさんはなにをつくるんだ」

おぐんがにっとする。

「それはあとのお楽しみよ」

ふふ、と丈右衛門は笑った。

「期待できそうだな」

お勢をおぶい直すと、三尾の秋刀魚を皿にのせ、塩を振った。その皿を持ち、台所の戸口脇に置いてあった七輪と団扇《うちわ》を手にして、裏庭に出た。

七輪を地面に据え、秋刀魚の皿をその横に置いた。火打ち石を使って、紙に火をつけ、その火を炭に移す。炭はすぐには燃えないから、このあたりの加減は、やり慣れていないと、かなりむずかしい。

それでも努力の甲斐あって、ばたばたと団扇を一所懸命に使っているうちに、炭がじんわりと赤くなりはじめた。網は、すでにお知佳がきれいに洗ってくれてある。丈右衛門は七輪の上にのせた。

この頃には、秋刀魚から水気がにじみだしていた。それをきれいな手ぬぐいを用いて、ていねいにふく。

網が十分に熱せられるのを待ってから、手早く三尾の秋刀魚を置いた。じゅっと音がし、煙が立つ。

ふと気づくと、お勢が目覚め、興味深げな目を秋刀魚に向けていた。

「ふむ、いいにおいがしはじめたな。この分なら、きっとうまく焼けるぞ」

丈右衛門は、お勢にいいきかせるように口にした。

お知佳の肩をそっと抱いて、廊下を歩く。

半刻ほどだが、ぐっすり眠ったのがよかったのだろう、お知佳の顔色は先ほどよりだいぶよくなっている。これなら大丈夫だろう、と丈右衛門は心から安堵した。

台所横の部屋に入り、お知佳を静かに座らせた。

お知佳が眼前の膳を見て、目を丸くする。

「この秋刀魚を、あなたさまがお焼きになったのですか」

「どうだ。うまく焼けているだろう」

「ええ、ぷっくらとして、とてもおいしそうです」

秋刀魚は、脂がじゅうじゅうといっている。皿の端に大根おろしが添えてある。これも丈右衛門がすりおろしたものだ。

「お知佳さんの旦那さん、とてもがんばったのよ」

おぐんが笑顔でいう。

「ええ、ほんと、そのようですね。あとのものは、おぐんさんがおつくりになったのですね」

おぐんが胸を張る。

「ええ、私もがんばったのよ」

膳の上には大根の煮つけ、揚げだし豆腐、わかめの味噌汁がのっている。いずれも湯気をあげ、喉を鳴らしたくなるほどおいしそうである。

正直、丈右衛門は空腹すぎて、我慢できないほどになっている。文之介なら、よだれを垂らしているのではないか。

もっとも、文之介も最近ではよほどしっかりしてきているから、さすがによだれは垂らさないかもしれない。

丈右衛門たちは、さっそく箸を手にした。まずは、食い気をそそる香りを漂わせている秋刀魚に箸を伸ばす。ほっくりとした身には、ほんのりと脂の甘みがある。醤油を垂らした大根おろしとどうしてこんなに相性がよいのか。

「どうかな」

丈右衛門は気になって、おぐんにきいた。

おぐんがにこっとする。

「すばらしいわ。いうことなしよ」

「そうか。そいつはよかった」

丈右衛門は、俺は成し遂げたぞ、と誇らしかった。

「あなたさま、うれしそう」

「ああ、うれしいな。ある意味、むずかしい事件を解決したときよりもうれしい」

丈右衛門はおぐんのつくったものに、箸をのばした。

揚げだし豆腐はやわらかく、あんがのっただし汁がよく絡んだ。よく味がしみこんだ大根の煮つけも口のなかでほろりと溶ける感じで、飯が進んだ。

お勢にはよくふうふうしてから、揚げだし豆腐をあげた。お勢は顔をくしゃくしゃにしてうれしそうに食べた。そんな娘をお知佳が目を細めて見ていた。

おぐんもにこにこしながら、箸を動かしていた。喜吉は先ほど近所の女房に乳を飲ませてもらったばかりで、おぐんのそばで機嫌よさそうに眠っていた。ときおりなにかつぶやくのがかわいらしい。

そんな和《なご》やかな雰囲気のなかで、食事は終わった。

「ああ、こんな雰囲気、いいわねえ」

感極まったようにおぐんがいう。

「私も子がいれば、こういう雰囲気を味わえたのかしら」

満足の思いとともに、のんびりと茶を喫していた丈右衛門は目をみはった。

「娘がいたのではないのか」

おぐんの話では、二ヶ月前に娘夫婦は火事で亡くなったとのことだった。丈右衛門は、喜吉がおぐんの孫ではないのではないかという疑いを抱いていたが、まさか娘がいたこと自体、偽りだったのか。

「ごめんなさい、嘘だったの」

おぐんがすまなそうに口にした。

「どういうことかな」

丈右衛門は湯飲みを膳に戻した。だいたいの事情をのみこんでいるお知佳も、おぐんを見つめている。

おぐんが茶で唇を湿した。湯飲みを手にしたまま、そっと話しだす。

「前に丈右衛門さん、私におみねさんというのは誰か、きいたわね。私、そんな人、知らないといったわ」

丈右衛門はうなずいた。

「おみねさんというのは、さる大店のあるじのお妾《めかけ》さんだったの。この喜吉ちゃんは、おみねさんが生んだ子なの。もちろん父親は大店のあるじよ」

丈右衛門とお知佳は口をはさまず、黙ってきく姿勢を取っている。

おぐんはしばらく口を引き結んでいた。決意したように深くうなずいた。

「それがどうして私が喜吉ちゃんを預かることになったのか。私が産婆をしていたことは丈右衛門さんに話したけれど、この喜吉ちゃんは私が取りあげたの。五回連続で死産だったのは本当のことよ。でも、近所付き合いが長くて、気心が知れていたおみねさんには、どうしても私に取りあげてほしいっていわれていた。私はまた同じことが起きるんじゃないかって怖くてならなかったけれど、ありがたいことにこの子は死産じゃなかった。そのことには心からほっとしたけれど、産後の肥立ちが悪くて、おみねさんがあっという間に死んでしまったの」

生まれたばかりの我が子を残して、あの世に旅立った。無念さは、いかばかりだっただろう。

「おみねさんが息を引き取る前、この子をよろしく頼みます、といったの。安全な場所で育ててくださいって。もしかすると、この子は殺されかねないっておみねさんは力を振りしぼって告げたのよ」

どういうことだ、と丈右衛門は思ったが、なにもいわず、うなずきだけでおぐんに先をうながした。

「おみねさんの旦那が大店のあるじだったというのはさっきいったばかりだけれど、あるじの女将さんというのがとんでもない悋気《りんき》持ちらしくて、おみねさんというお妾さんがいることを旦那は隠していたらしいのよ。もし妾に子が生まれたと女将さんがきいたら、赤子は殺されかねないっておみねさんは確信していたようなの。実際、おみねさんの家には、いくつかの監視の目があったらしいわ。もちろん、それは女将さんの息のかかった者たちよ。私も実際にそういう者らしい男を目にしたことがあるわ。いやな目つきをした者ばかりだった」

一気にしゃべっておぐんが手にしている湯飲みを傾けた。だが、空だった。お知佳がすぐに急須の茶を注いだ。ありがとう、とおぐんがいって茶を静かに喫した。

「それでもまだ旦那が生きていれば、この子も大丈夫だったでしょう。しかし、旦那が急死してしまったらしいの。生前、旦那は妻の家族に家を乗っ取られかねないっておみねさんに漏らしていたそうなの」

もしやあるじは殺されたのではないか、と丈右衛門は疑った。お知佳も同じ疑いを抱いたはずだ。

「その商家には女将さんの弟が二人、すでに奉公していて、筆頭番頭のように振る舞っているらしいの。上の弟がもう跡取り然としているようだわ。そんなところに旦那の実子がいることが知れたら、いったいどうなるか。私は旦那が殺されたと確信しているけれど、旦那を殺した者が、その赤子を殺すことを厭《いと》うとは思えない」

「それで喜吉ちゃんとともに、暮らしていた町を出たのか」

丈右衛門は初めて口をはさんだ。

「ええ、そうよ。私は夫を失ってからは天涯孤独の身だし、姿を消したところで迷惑をかける者もいないし、おみねさんのいう通りにしたのよ」

「それでこの町に居を定めた。だがどうしてこの町にしたんだい。なにか縁でもあったのかい」

丈右衛門はおぐんにただした。

おぐんが小さく笑った。

「丈右衛門さんがこの町で暮らしているのがわかったからよ」

「なんだって」

丈右衛門は膝が浮きかけた。

「わしのことを知っていたのか」

「ええ、知っていたの。八丁堀のなかでは将棋が強いことも知っていたわ」

そうだったのか、と丈右衛門は半ば呆然としつつ思った。

「どうしてわしのことを、そこまで知っているんだ」

「有安先生よ。私は一度くらいしか顔を合わせたことはないけど、亭主が有安先生と親しくて、丈右衛門さんのことをいろいろ話していたの。御番所一の腕利きで、人柄もすばらしいって。頼り甲斐もある男で、もし困ったことがあれば相談すればきっとよい答えを見つけてくれるって」

「それだったら、はなから真実を話してくれてもよかったのではないか」

おぐんが笑いながらかぶりを振る。

「私、八丁堀には不信の念があったの。一度、うちの診療所に、刃物で刺されて担ぎこまれた人があったの。亭主の必死の手当もかなわず、その人は死んでしまったの。下手人は、刺された人が、誰々にやられたってはっきり口にしていたにもかかわらず、つかまらなかったわ。いえ、一度はつかまったんだけど、どうしてか放免になってしまったの。私のまわりでは、八丁堀の役人に金を積んだんだって評判だった」

いったい誰がそんなことをしたのか。丈右衛門の胸は疑念にふくらんだ。

おぐんが続ける。

「そういうことがあったから、いくら有安先生のお言葉でも鵜呑《うの》みにはできなかったの。

とりあえず丈右衛門さんの近所に住んで、様子をうかがうことにしたの。それで、丈右衛門さんがなんでも屋みたいなことをしているのがわかったの。将棋には人柄がよく出るから、丈右衛門さんがどういう人なのか、知るには一番じゃないかって思って、あんな仕事の依頼をしたのよ」

「そういうことだったのか」

丈右衛門はうなるようにいった。

「おぐんさん、一つきいてよいか。殺しをうやむやにした八丁堀の役人というのは誰だ」

おぐんがすぐに言葉を発した。

「忘れるわけないわ。あれは、鹿戸吾市っていう町方役人だったわ」

吾市か、と丈右衛門は思った。あの男は狷介なところがあるが、そこまで阿漕《あこぎ》なことはしないだろう。

「おぐんさん、それはいつ頃のことだい」

「ええと、もうかれこれ六、七年はたつかしらねえ」

となると、自分が現役の頃の話だ。丈右衛門は腕組みをし、吾市の縄張でそんなことがあったか、思いだそうとした。

丈右衛門は脳裏に光が走ったのを見た。

――あれか。

ある男が匕首《あいくち》で刺殺された。下手人といわれた男は一度つかまったが、確かに無罪放免となった。あれはどうしてだったか。

下手人といわれた男は有蔵《ゆうぞう》といい、刺殺された男は鈴作《りんさく》といったはずだ。

二人は男色の関係にあった。最初は色情のもつれから有蔵が鈴作を刺し殺したということで始末がつきそうになったが、下手人としてつかまった有蔵が、自分は殺《や》っていないと頑強にいい張り、ここまで自分の犯行を認めないということに自分なりに疑問を持った吾市が、中間の砂吉《すなきち》とともに探索を進めたのである。

その探索の結果、鈴作がここ最近有蔵とうまくいっていないことに悩んでおり、こんなことでは生きていても甲斐はない、死んでしまおうかな、とぽつりと漏らしたらしいのが、ときおり鈴作が足を運んでいた飲み屋の女将の話から知れた。

有蔵がお縄になったのは、鈴作が有蔵にやられた、とおぐんの亭主のもとでずっといい続けていたからだったが、その言は吾市の粘り強い探索によってくつがえされることになった。鈴作は自ら、匕首を腹に突き立て、それを近くの水路に投げ捨てたのである。

あの一件は、無実の罪の者を死なせずにすんだ好例といってよい。

あのとき、丈右衛門は吾市と砂吉をほめたたえ、たらふく飲ませたものだ。

有蔵が、町奉行所の者に金を積んで娑婆《しゃば》に出てきたといわれていたのは知らなかった。

これは、誤解を解く努力をしてやるべきだった。あれからもうだいぶたっているが、今からでも遅くはないかもしれない。

丈右衛門はどういうことがあったか、おぐんに語った。

「えっ、そうだったの」

おぐんが驚きの色を顔に刻む。

「なんだ、そうだったら、有蔵さん、ちゃんといえばよかったのに。そうすれば、変な噂、立てられずにすんだのにねえ」

「弁解しても、信じてもらえないと思ったのかもしれぬ」

「ああ、そうかもしれないわねえ」

おぐんが慨嘆する。

「私、あんな噂を信じるなんて、有蔵さんに悪いこと、しちゃったわ」

「有蔵は今どうしているんだ」

おぐんが目を落とし、しばらく黙っていた。

いきなり畳にしずくが落ちたから、丈右衛門はびっくりした。

「どうした」

「有蔵さんね」

おぐんが涙で濡れた目をあげた。

「病で亡くなってしまったの。まだ私の亭主が生きていたときのことよ。三年ばかり前のことね。私たちの診療所でのことだった」

第四章　柳に風

一

むなしく日が暮れてゆく。

空は曇っているが、そこだけきれいに取り払われたように雲がなく、顔をのぞかせたまん丸の夕日が江戸の町を橙色に染めている。久しぶりに見る巨大な夕日だった。

文之介は河岸のそばで、立ち尽くすようにそれを眺めた。

音もなく流れる川が眼下をよぎっている。一艘《そう》の荷舟が櫓《ろ》の音をさせて、ゆっくりと上流に向かってゆく。年老いた船頭が一人、伸びやかに櫓を動かしていた。その割に舟は力強く、ぐんぐんと進んでゆく。

「はあ、たいしたもんだ」

文之介はつぶやいた。

「旦那、どうかしたんですかい」

勇七がうしろから声をかけてくる。

「なにをぼうっとしているんですかい」

文之介は振り向いた。

「いや、なに、ああいうふうに進むことができたら、さぞかし気持ちいいんだろうなあって思ってな」

「ああ、あの荷舟のことですかい」

勇七が、どんどん小さくなってゆく舟に目を当てた。

「船頭さん、いい腕をしていますね」

「俺たちもあんなふうにすいすいと探索が進んだら、どんなに心地よいだろうな」

「確かに心地よいでしょうけど、毎度あんなふうに進んだら、おもしろくないんじゃないんですかい。咎人をつかまえるのに、楽しいはないだろうって叱られちまいそうですけど、やはり探索ってのは、山あり谷ありっていうのが、あっしはいいですねえ。それまでの苦労が実って一気に解決っていうのが、あっしは大好きですよ」

「となると、さしずめ今は谷ってことになるのかな」

「さいですね。今はなにも手がかりを得られず、深い谷に迷いこんでいますけど、そのうち道が見つかって、山の頂に向かって登りはじめられるはずですよ」

文之介は勇七の肩を叩いた。

「おめえ、最近さえているなあ。まったくいいこと、いうぜ」

「さいですかね」

勇七が頭をかく。

「うん、昔とはえらいちげえだ」

「昔って、あっしはそんなにちがっていますかい」

「ちがうなあ。おめえ、なにかいい薬でも飲んでいるんじゃねえのか」

「頭がさえるようなそんな薬があるなら、あっしがほしいくらいですよ」

「俺もほしい。それでむずかしい事件をばっさばっさと解決してやるんだ」

「しかし、それだと山あり谷ありにはなりませんよ」

「ああ、そうか。なかなかむずかしいところだなあ」

太陽が、家々の屋根に触れそうなところまで落ちてきている。あたりは、夕闇《ゆうやみ》の色が濃くなり、行きかう人の顔が見分けがたくなっている。川の水も黒に染まりつつあり、流れを行く舟は提灯《ちょうちん》を掲げていた。

「勇七、戻るか」

「ええ、そうしましょう。今日はなにも収穫がなかったですけど、明日はきっとつかめるにちがいありませんよ」

「そうだな。明日は必ずいいことがある。そうに決まっている」

力強くいった文之介は勇七をしたがえて、町奉行所への道をたどりはじめた。

しかし、途端に咳が出た。なかなかとまらない。

背中を丸めた文之介を、うしろから勇七がさすってくれる。そのおかげか、咳はようやくとまってくれた。

「ああ、ぐるじい」

「大丈夫ですかい」

「勇七、これは本当に風邪なのかな。もっとたちの悪い病じゃねえのか」

いきなりくしゃみが出た。勇七が勘よく巧みに横に避《よ》ける。

またくしゃみ。続けざまに五発出た。それをすべて勇七はよけてみせた。

「勇七、やるなあ」

勇七が文之介を軽くにらむ。

「旦那、わざとあっしを狙っていませんでしたか」

文之介は首を横に振った。

「そんなこと、するもんか。俺が勇七にかけないようにしようとしたところに、勇七がそちらにそちらにと顔を持ってゆくから、びっくりしたんだ」

「えっ、そうだったんですかい」

「ああ、相変わらず俺たちは気が合うな」

はあ、と勇七がいった。

「なんだ、その気の抜けた返事は」

「しかし旦那の風邪は長引きますねえ」

「勇七の風邪がたちが悪いんだ」

「あっしの風邪ですかい」

「そりゃそうだ。おめえが俺にうつしたんだから」

「それじゃあ、せいぜい精のつくものを食べてください」

「今夜はなにを食べてさせてくれるんだ」

「さあ。なにかの魚でしょう」

「山鯨《やまくじら》とか、弥生ちゃん、だしてくれねえかな」

猪《いのしし》のことだ。法度《はっと》で四つ足の生き物を食べることが禁じられているから、山鯨ということで、山の魚の類《たぐい》であるといい立てているのである。

「山鯨は無理でしょうね」

「まあ、そうだろうな」

文之介と勇七はいったん町奉行所に戻り、それから一緒に勇七の家に向かった。その頃には、とっぷりと日が暮れ、あたりは炭を塗り固めたような闇に包まれていた。

先導する勇七が持つ提灯の明かりが、地面だけでなく近くの塀や樹木をわびしく照らしだす。ときおり風が強く吹き、提灯を激しく揺らすが、それで火が消えるようなことはむろんなかった。

文之介たちは勇七の家に帰り着いた。

弥生が出迎えてくれた。

「おなか、空いたでしょう。でも、その前に湯屋に行って、今日一日の汗を流してきてください」

近くに湯屋はあった。江戸で六百以上あるといわれる湯屋だが、やはり人の数に比して少なく、ひどく混んでいた。

そんななかでも互いに背中をこすり合ったりした。小さな頃に戻ったような気がして、文之介は楽しかった。今日一日の汗だけでなく、屈託も湯とともに流れていった感じだった。

秋風に吹かれながら、二人は家に帰った。すぐに夕餉になった。おかずは秋刀魚だった。ほっくりと焼かれ、脂がたっぷりとのっていた。

「うーん、やっぱり秋は秋刀魚だなあ」

「おいしいですよねえ」

「まったくだ。こういう旬のものを食べると、季節の力をもらうっていうのかな、精がつく気がするぜ」

それをきいて、弥生がうれしそうににこにこ笑っている。弥生もしきりに箸を動かしていた。

御飯を三度おかわりし、文之介はすっかり満腹になった。

「それだけ食べられれば、風邪なんかすぐに退散すると思うんですけどねえ」

勇七が不思議そうにいった。

「今度の風邪は、本当にしつこいんだ。それに、もともと俺は風邪のときだって、あまり食欲が落ちることはねえ。いつもこのくらい食べられるんだ」

「そうでしょうねえ。ちっちゃい頃から、風邪を引いてもかまわず外で遊びまわっていましたし、くしゃみや咳をしながら駄菓子なんかをよく食べていましたものねえ」

幼い頃ときいて、文之介は目を落とした。玉蔵のことが思いだされる。

「すみません」

そんな文之介を見て勇七が謝る。

顔をあげた文之介は強い口調でいった。

「勇七、なにを謝るんだ。玉蔵もときには思いだしてやらなきゃ、無念でしょうがなかろう。これでいいんだ」

夕餉を終えて、文之介は濡縁に出た。座りこむ。

弥生が丹精している庭の草花が気持ちよさげに揺れている。それを眺《なが》めていると、お春のことがしきりに思い起こされた。

今なにをしているだろう。

会いたくて仕方がない。

俺はよっぽどお春に惚れているんだなあ。妙な意地を張るのではなかったかな。いや、お春に風邪をうつすわけにはいかねえから、こうするしかなかったんだ。俺は正しい選択をしたんだ。

「旦那」

腰高障子をあけて勇七が出てきた。座敷の明るさがにじみだしてくる。

「いい風ですね。一杯、やりますかい」

勇七が手首をひねり、杯を口に持ってゆくような仕草をする。

文之介は勇七を見あげ、かぶりを振った。

「ありがとうな。だが、いらねえ」

「さいですかい。いいお酒が手に入ったんですけどね」

「くだり物か」

「いえ、下総《しもうさ》の酒ですよ。里乃桜《さとのさくら》という酒ですがね、なんでも創業は平安の昔といわれているくらい、古い蔵の酒ですよ」

「ほう、そいつはすごいな。飲んでみてえが、やっぱり今はやめておく。事件が解決したら、そのときにぐいっといきてえな」

「わかりました、そうしましょう」

勇七が部屋に戻りかけて、足をとめた。

「寒くないですかい。まだそこにいますかい」

「ああ、まだちょっといてえな。かまわねえか」

「もちろんですよ」

笑顔で勇七が部屋に入り、腰高障子を横に引いた。明るさが少し遠のいた。

文之介はまた庭に目を向けた。濡縁の下に雪駄が置いてあるのに気づく。

ちょっと出てくるか。

文之介は雪駄を履いた。立ちあがり、枝折戸のほうへ行く。それを静かにひらき、道に出た。人けはほとんどない。

折りたたみのできる小田原《おだわら》提灯を、常に懐に入れてある。それを取りだし、文之介は火をつけた。

提灯を手に歩きだす。

口を閉ざし、一人で黙々と歩を運んでいると、いつもより道が遠く感じられた。四半《しはん》刻《とき》もかからない道のりなのに、なかなか着かなかった。

ようやく自分の屋敷に着いたが、四半刻などではなく、一刻以上のときが流れたような気がした。

文之介は木戸の前に立った。がっちりと閉ざされている。まだ離れてそんなに日はたっていないのに、屋敷はどこかなつかしい。

あれ、と文之介は屋敷を外から見て思った。灯《あか》りがどこにもついていない。屋敷はひっそりと闇にうずくまっていた。

お春はどうしたのだろう。もう眠ってしまったのか。

いや、まだ五つを少しすぎた頃合いでしかない。お春は、こんな刻限に眠ったりはしない。文之介が寝たときでも、遅くまで台所の後片付けをしたり、縫物をしたり、書見をしたりしている。

——おかしいな。

文之介はさすがに心配になった。なにかあったのだろうか。

少し歩いて、くぐり戸を押した。たやすくひらいた。物騒だが、これはお春がここにいないことを示す、なによりの証だろう。

やっぱり出かけているんだ。

どこに行ったのか。こんな刻限では、二つしか考えられない。

実家の三増屋か丈右衛門の家である。おそらく三増屋だろう。今頃お春は父の藤蔵《ふじぞう》に甘えているのか。いや、親孝行をしているにちがいない。

藤蔵もお春をいたわっているのだろう。

早く孫を抱かせてほしいとも思っているだろう。お春の赤子を目の当たりにしたら、藤蔵の顔はとろけてしまうのではないか。

文之介も、早く藤蔵の顔をとろとろにしてやりたかった。だが、果たしていつになるか。こればかりは天からの授かり物で、わかりようがない。

久しく藤蔵に会っていない。顔を見たかった。やさしいから、会うたびに気持ちがほっとする。そこにきっとお春もいる。

しかし、三増屋に行くわけにはいかない。文之介がここまでやってきたのは、お春の顔を見るためではない。お春が元気かどうか確かめるためだ。

まあ、いいか。ここは引きあげることにしよう。例の集まりが終われば、もし風邪が治らなくとも、会えるものな。

文之介はきびすを返そうとして、いや、待て、と自らにいった。もし、賊に入られていたとしたら。お春がひどい目に遭《あ》っているとしたら。

文之介はくぐり戸をまた押した。

敷石を踏んで玄関に行く。やはりこうしてみると、物騒だ。

父上たちがいてくれたら、と思わざるを得ないが、いまそのことを考えても仕方なかった。だが、やはり奉公人は必要だ。そのことを痛感する。

文之介は、暗い屋敷内をくまなく見てまわった。掃除が行き届き、清潔さが漂っているのがよくわかる。どの部屋も、よく整理されていた。どこにも賊に入られたような形跡はない。

よかった、と文之介は胸をなでおろした。これで安心してここをあとにできる。

しかし、勇七が口を酸っぱくしていっているように、お春に風邪をうつさないためといっても、屋敷を出るような真似はせずともよかったのではないか。他に手立てはなかっただろうか。

だが、もし本当に風邪がうつるものだとしたら、文之介がお春にうつし、それをお春が今度の集まりの幼なじみの人たちにうつすことになる。

それでも、大人ならまだいい。風邪で命を落とす者があるといっても、快復する者が多いからだ。

もし生まれたばかりの赤子に風邪がうつったら、たいへんだ。なにしろ赤子は、それこそあっけなく死んでしまう。

今度の判断にまちがいはない。文之介は心中で力強くうなずいた。

これでよかったんだ。集まりさえ終われば、またお春に会えるんだから。

文之介は屋敷をそっと抜け出た。風がなくなっていた。どこか生ぬるい大気があたりを覆いつつある。体にまとわりつくような重さが感じられた。

妙なあたたかさだな。

文之介はくぐり戸を閉じ、勇七の家へと道を歩きだした。勇七が文之介のいないことに気づき、そろそろ心配をはじめた頃だろう。

いや、勇七のことだからすべてお見通しで、お春に会いたくなった文之介が屋敷に行くことも、すでに織りこみずみだったかもしれない。

文之介は八丁堀の組屋敷を抜けた。そのとき、一瞬なにかいやな気配を嗅いだような気がしたが、すぐに消え去った。

それでも文之介は足をとめ、あたりの様子をうかがった。今のはいったいなんだろう。

渦巻く暗雲のような、どす黒さを覚えさせるものだった。

しばらくじっとしていたが、しかし同じ気配を感じることは二度となかった。文之介は首をひねった。勘ちがいか。いや、そんなことはあるまい。

気味の悪さを胸に抱きつつ、文之介は再び歩きはじめた。風が再び出てきた。湿気がひどい。

生あたたかさが一掃されるかと思ったが、風はぬるさをはらんでいた。

嵐でも近づいているのか。秋は嵐が多い時季だから、考えられないことではない。

嵐はいやだ。幼い頃から怖くてならなかった。今はだいぶましになり、ときにすさまじい降りを楽しめるようにもなったが、猛烈な風だけは今もきらいである。

柱や梁《はり》がきしみ、屋敷全体ががたがたと揺れた。このまま風に持っていかれてしまうのではないか、と思った幼い頃の記憶が嵐をきらいにしているのだろう。

そういえば、嵐がくるのがわかると、町には大勢の人があわただしく出て、雨戸を閉めたり、戸に板を打ちつけたり、屋根に石をのせたり、物干し竿《ざお》を片づけたり、植木をしまったり、畳をあげたりしていた。まるで祭りのようにそのことを楽しんでいる感すら覚えたものだ。

その光景は今も変わらない。江戸っ子はなんでも楽しみに変えてしまうのだ。そうやって、日々の暮らしを満ち足りたものにしてゆくのである。

文之介は、まとわりつく風に押されるように歩いた。小田原提灯が、翻弄《ほんろう》されるようにときおり激しく揺れる。

勇七の家まで、あと一町ばかりというところまで戻ってきたときだ。文之介はふと、おしろいのようなにおいを嗅いだ。どこで香っているのだろう。文之介は首をまわそうとした。

直後、冷や水をかけられたような冷たさが全身を包みこんだ。なんだ、と思う間もなく、風を切る気配を背後に感じた。

――刀だ。

血が沸騰したような熱さが背筋を駆け抜ける。

振り返る間はなかった。文之介は提灯とともに体を前に投げだそうとした。

だがその前に、いきなりときがとまったように感じた。すべての動きがひどく緩慢なものに見えている。


これはなんなのか。今なら、振り返ってもかまわないのではないだろうか。落ちてくる刀を、目の当たりにできるような気がしてならない。

文之介は投げだそうとしていた体をとめ、提灯を捨てて首を横にひねった。

それでも十分に間に合う。そんな確信があった。

確信はまちがってはいなかった。それでも、思った以上に刀は近く、まさにぎりぎりだった。文之介は、脇腹をかすめて抜けてゆく刀をはっきりと見た。

刀は燕《つばめ》のように素早く反転してきた。腰には長脇差《ながわきざし》を帯びているが、抜いたところで、敵の斬撃《ざんげき》のほうが早く襲いかかってくると文之介は判断した。

膝を折り、体を沈めた。髷を飛ばすような勢いで刀が通りすぎてゆく。

そのときには文之介は、長脇差を抜いていた。目の前に立つ影に向かって、長脇差を横に払う。

相手の腹に当たったところで、どうせ刃引きである。殺すようなことにはならない。生《い》け捕《ど》るつもりだった。

しかし、長脇差はするりとよけられた。文之介は、伸びきった自らの腕をまざまざと目にした。

そこに狙い澄ました斬撃が見舞われる。袈裟懸《けさが》けである。

やられた、と思ったが、またまわりの景色がゆるやかなものに変わった。戸惑いながらも、文之介は敵の刀に目をやった。

ゆっくりと振りおろされている。文之介は顔をうしろに引き、体をのけぞらせた。

刀が顎を触れそうに抜けてゆく。刀が空を切ったのを確かめて、文之介は長脇差を引き寄せ、思い切り下から上へと振りあげていった。狙いは敵の胸のあたりだ。また景色はふつうのものに戻った。

だが、これもよけられた。すぐさままた敵の斬撃がやってくるかと思ったが、刀は文之介の半間《はんげん》ばかり先で鈍い光を放っているだけである。敵は一歩さがり、刀を正眼に構えていた。

頭巾をかぶっている。ぎらついた二つの目がのぞいていた。

見覚えのある目なのか、文之介は確かめた。だが、記憶のなかにある目ではなかった。それは、まずまちがいない。こんなにぎらぎら光る目の持ち主に心当たりはなかった。

この男が何者か知らないが、初めて会うのではないか。そんな男に、どうして狙われなければならないのか。

仕事が仕事である。常に凶悪な連中と対峙《たいじ》しなければならない。血縁や仲間をとらえられ、文之介をうらみに思っている者は数知れないだろう。

そういう者の一人かもしれなかった。だが、目の前の男の身なりは明らかに武家だ。町方が武家にうらみを抱かれるものなのか。

あるいは、殺しを生業《なりわい》にしている者かもしれない。武家は特に暮らしに困窮しているが、すばらしい剣の腕を持つ者は少なくない。この頭巾の男は、誰かに依頼されてこの場にいるのか。

不意に頭巾にしわができた。男が笑ったのが知れた。

それを見て、文之介は確信した。頼まれたのではない。なにか理由があってこの男はあらわれたのだ。

「おぬし、やるな」

くぐもった声で男がいう。

「何者だ」

再び頭巾にしわが寄った。

「また会おう」

逃げる気だ。文之介はすぐさま追おうとした。

ひるがえしかけた体を男がとめた。

「おぬし、いま俺が逃げると思ったな。逃げるのではない。ただ、機会をあらためるだけだ。思いちがいをするな」

なにをえらそうに。引っとらえてやる。

文之介は踏みこみ、長脇差を上段から落としていった。男の鎖骨を叩き折るつもりだった。そうすれば、男は動けなくなる。とらえるのはたやすい。

しかし、これもかわされた。そんなに急くな、というように男が首を横に振る。

「では、これでな」

男がきびすを返した。文之介は追った。

だが厚い闇の壁に阻まれて、すぐに男の姿を見失った。

足をとめざるを得なかった。

しばらく、男が消えていった闇をにらみつけていた。

体が熱い。火がつき、燃えているようだ。息も荒い。このところ厳しい稽古をしていない。それがこの息にあらわれている。

じっとしているうちに、熱はゆっくりと引いていった。

気持ちも落ち着きつつある。息も静まってきた。

何者だろう。

考えてもわかるはずがなかった。

だが、どうせまたあらわれるにちがいない。

今度会ったら、決して逃がさねえ。

文之介は決意を胸に刻みつけた。

長脇差を握り締めたままであるのに気づいた。静かに鞘《さや》にしまう。

ふう、と息を入れた。

しかし不思議なこともあるものだ。あんなにゆっくりと見えるなんて。

どうしてあんなふうになったのか。稽古のたまものでないのは確かだ。体をいじめなければいけないのはわかっているが、忙しさにかまけて怠けてばかりなのだ。

危機を肌で感じると、ああいうことが人というのは起こるのか。そういうものであるとしか、今のところ説明がつかない。

咳が出そうになった。だが、息を詰めると、咳の気配は消えた。

安堵して、文之介は体をひるがえした。勇七が案じ顔で待っているはずの家に向かって、早足で歩きはじめる。

二

陽之助《ようのすけ》と名乗った。

優男《やさおとこ》だが、どこか油断のならない顔つきをしている。

一目見て、気に入らぬ、と丈右衛門は思った。

陽之助は菅田屋《かんだ》の使いとのことだ。菅田屋というのは、赤子の喜吉の父親があるじだった油問屋のことである。

陽之助は厳密にいえば菅田屋ではなく、女将のおさえの使者だった。おぐんも知っている男で、おぐんがお知佳の代わりに洗濯物を干しているとき、生垣越しに声をかけてきたのである。

声をかけられ、おぐんはとっさに顔を隠したかったようだが、重ねて声をかけられて、観念したように、陽之助さん、と小さく答えた。

そのとき、お勢を背負っていた丈右衛門は濡縁に座っていた。穏やかな日が射しこみ、あたたかかった。お勢はいつものようによく眠っていた。穏やかな寝息が心地よく耳に響いていた。

昨日の日暮れは生ぬるい風がじんわりと吹き、どこか気持ち悪さを感じさせたが、今日は鮮やかに晴れあがり、真っ青な空を背景に太陽はつややかな顔をのぞかせ、朝から元気一杯だった。

「知り合いかい」

陽射しがまぶしかったが、陽之助にしっかとした目を当てつつ、丈右衛門はおぐんにたずねた。

おぐんが、ええ、とうなずく。

「陽之助さんといいます。私が前に住んでいたところで、子を取りあげたことがある人なんですよ」

陽之助が生垣越しに首を伸ばしてきた。そしてきかれてもいないのに、丈右衛門にいったのである。

「その子も、すぐに死んじまったんですけどね。もっとも、それは、おぐんさんのせいじゃありませんよ。生まれて一年ばかりして、風邪がもとであの世に逝《い》っちまったんです」

丈右衛門はお勢をおぶい直して立ちあがり、雪駄を履いて生垣に近づいた。陽之助の目を見て、きく。

「それで、なに用かな」

陽之助は、菅田屋さんの使いですよ、と告げたのだ。

陽之助は濁った目をしていた。こういう目は、これまでいくらでも見てきた。犯罪に手を染めている者の目である。

だから、丈右衛門が気に入らないのも当たり前だった。

陽之助は、おみねさんが生んだ赤子を探しているんですよ、といった。濁った目は、濡縁で眠っている赤子を見つめていた。

「おぐんさんはなにか勘ちがいしているようですけど、別におさえさんはその子をなにかしようだなんて思ってないんですよ」

陽之助がわずかに間を置いた。

「おさえさんは、その子を菅田屋の跡取りにしたいと願っているんだ」

嘘だ、とおぐんは思ったようだが、少しだけでも話をさせてほしい、という陽之助の懇願に負け、丈右衛門になかにあげてもいいか、と目できいてきたのだ。丈右衛門に否やはなかった。

今、おぐんと陽之助は座敷で向かい合って、話をしている。同席してほしいとおぐんにいわれたので、お勢を背負い、喜吉を腕に抱いて丈右衛門は、座敷の隅で二人の話に耳を傾けている。喜吉が小さな守り袋を首からさげていることを、このときようやく知った。これまで迂闊なことに、この守り袋に気づかなかった。

陽之助が口をひらく。

「さっきもいったが、おさえさんは喜吉ちゃんを大事な跡取りと考えている。害するようなことは決してない」

「菅田屋の旦那さんは、おさえさんたちに殺されたんじゃないの」

おぐんが思いきった言葉を口にした。

陽之助があっけに取られる。

「なにをいっているんだ。喜多左衛門《きたざえもん》さんは病で死んだんだよ。お医者にずっとかかっていたんだよ。肝の臓が悪かったんだ」

「それだって毒を盛られたんじゃないの」

「まさか、そんなことがあるもんか」

「跡継といったって、どうせ弟のどちらかに継がせるつもりでしょ。この子を引き取っても、すぐに殺しちまうつもりなんだ。赤子のうちなら死んだって、誰も怪しまないからねえ」

陽之助が激しく首を振る。

「おさえさんがそんなこと、するもんか。あの人は気持ちがとてもやさしい人だ。喜吉ちゃんは大事にされる。紛れもなく跡取りになるって」

「おさえさん、悋気持ちでしょ。おみねさんの家のまわりに、監視の人をばらまいていたじゃないの」

「それもちがう」

陽之助がきっぱりといった。

「なにがちがうっていうの」

「あれは、喜多左衛門さんが金で雇った連中だよ」

おぐんが怪訝《けげん》そうにする。

「喜多左衛門さんこそ、男の割に悋気持ちだったんだ。あれはおみねさんの男出入りを見張っていたんだよ」

嘘っ、とおぐんが驚きの声をあげる。

「嘘なんかじゃないさ。俺も喜多左衛門さんから頼まれた一人だったからね」

「えぇっ」

驚愕《きょうがく》の色を隠せないおぐんに、小さな笑みを送ってから陽之助が続けた。

「一緒になった当初はおさえさんにも、喜多左衛門さんは疑いの目を向けていたんだよ。喜多左衛門さんのことはとても慈《いつく》しんでいたけど、そのことに嫌気が差したおさえさんは、妾を持つように暗に勧めたんだよ。だから、おみねさんのことも知っていたし、おみねさんが子を生んだのも知っていた」

陽之助が言葉を切り、間を置いた。

「まさかおぐんさんが喜吉ちゃんを連れて逃げるとは思っていなかったから、それには驚いていたね。おぐんさんを探すのは、ちと手間取ったよ」

丈右衛門は咳払いした。陽之助とおぐんの注意が向く。

「おぐんさんの家に忍びこんだのは、おまえさんかい」

陽之助が、わけがわからないという顔をする。

「なんのことですか」

丈右衛門は、息を詰めて陽之助をじっと見た。

「ふむ、嘘をついてはいないようだな」

当たり前ですよ、と陽之助が機嫌を損ねたようにいった。

「どうしてあっしがおぐんさんの家に盗みに入らなきゃいけないんです」

「このあいだ、忍び入った者がいたんだ。なにも取らなかったのだが、おまえさん、その賊はなにを狙ったんだと思う」

陽之助が戸惑いの顔を見せる。

「あっしにきかれたって」

「まあ、それはそうだな」

丈右衛門は腕のなかの喜吉に目を向けた。

「おまえさん、菅田屋の女将に頼まれて喜吉ちゃんを探していたのか」

「ええ、そうですよ」

「ただというわけじゃあるまい」

「ええ、そりゃもう。あっしにも養わなきゃならない女房もいれば、子もいますから、それなりの礼金はいただくことになっていますよ。下の子は死んじまいましたけど、上の二人はすくすく育ってくれていますからね。しかし、これがね、けっこう金を食うんですよ。あっしは汗水垂らして、とにかく稼がなきゃいけねえ」

「おまえさん、本業はなんだ」

「小間物売りですよ。もっとも、女房が髪結《かみゆ》いをしていて、そちらのほうがずっと稼ぎがいいんですけどね」

「下《した》っ引《ぴき》じゃないのか」

「えっ、そんなんじゃありませんよ。なんでそんなことをいわれなきゃいけないんですかい」

陽之助が狼狽《ろうばい》したようにおぐんに目を流す。

「おぐんさん、とにかくおさえさんが喜吉ちゃんに会いたがっている。わけを話して真情をわかってもらった上で引き取りたいっていっているんだ。どうだい、おぐんさん。一度おさえさんに会ってみないか」

むずかしい顔でおぐんが考えこむ。

「すぐには答えられないわ。ちょっとときをちょうだい」

「ああ、それはかまわないさ。一日やるから、たっぷりと考えなよ。おいら、返事をもらいにまた明日来るからさ」

陽之助は身軽に立ちあがり、濡縁から外に出た。座敷をのぞきこみ、おぐんを見つめる。

「じゃあ、明日来るからよ。おぐんさん、頼むぜ。じゃあ、これで」

丈右衛門の目を避けるように陽之助が身をひるがえす。あっという間に陽射しの向こうに消えていった。

それを呆然として見送っていたおぐんが丈右衛門のそばに寄ってきて、正座した。瞳にすがるような色が浮かんでいる。

「どうしよう、丈右衛門さん」

「今の男、信用できるのか」

「信用できないってことはないと思うの。陽之助さんの女房のおりんさんはやさしい気性の持ち主よ。二人の子も素直でいい子。二人とも、私が取りあげたの」

「そうか。あまり気に食わん男ではあるが、大きな悪さはできないって顔つきではあったな。せいぜいが、商家を強請《ゆす》って小遣いを稼ぐ小悪党という感じだ」

「丈右衛門さん、下っ引じゃないかっていったでしょ。陽之助さんの顔を見たことがあるの」

「いや、初めてだ。だが、下っ引たちと同じようなにおいを放っていた」

「そういう噂は実際にあるのよ。岡っ引に使われているんじゃないかって」

「やはりそうか。そういう仕事もしているんだろうな」

喜吉が泣きはじめた。

「さっきおしめは替えたばかりだから、腹が空いたのだろうな」

「乳をもらってこなきゃ」

おぐんが喜吉をおんぶする。

「よし、わしもついてゆこう」

「いいの。お知佳さんは」

「様子を見てくる。すまぬが、ちと待っていてくれぬか」

丈右衛門は夫婦の部屋に行き、布団に横になっているお知佳を見舞った。お知佳は目をあけていた。

「すまぬ、起こしてしまったか」

「いいえ、ずっと起きていました」

「少し出てくる。すぐ戻るが、大丈夫か」

「はい、もちろんです。喜吉ちゃんですね。泣き声がきこえます。早く行ってあげないと、かわいそうです」

「では、行ってくる」

丈右衛門はおぐんとともに外に出た。近所のおひでという女房が子を生んだばかりで、喜吉の乳のことはまかせている。もしおひでの乳の出が悪くなったときに備え、ほかに二人、丈右衛門には心当たりがある。

幸い、今日もおひでの乳の出はよかった。喜吉はすっかり満足したようだ。ぐっすりと眠りはじめた。

丈右衛門たちは、おひでによくよく礼をいった。

「いいんですよ。喜吉ちゃんに飲んでもらうおかげで、乳が張らなくてこっちも助かっているんですから」

おひでが人のよさそうな顔に一杯の笑みを浮かべていう。

「またよろしく頼む」

「はい、いつでもおいでください」

丈右衛門とおぐんはおひでの長屋をあとにした。

「いい人ですよねえ」

「ああ、このあたりはいい者ばかりが集まっている。暮らしやすい町だ」

「私もそう思います」

おぐんの表情が沈んだ。

「会ってみる気はあるのかい」

丈右衛門はやさしくたずねた。

おぐんが目をあける。

「もしおさえさんのいっていることが真実なら、この子の幸せを考えたとき、裕福な菅田屋さんに託したほうがいいような気もするんだよ。なに不自由なく暮らせるだろうし。

しかし、幸せはお金だけじゃ計れないからね。お金はなくても、こういう暮らしやすい町で親切な人に囲まれて育ったほうが、幸せってこともあるから」

そうだな、と丈右衛門は相づちを打った。

「おぐんさん、一つきいてもよいか」

「なあに」

「喜吉ちゃんの首にさがっている守り袋だけど、これは誰がつけたんだい」

おぐんがはっとする。

「おみねさんよ」

母親だ。

「なかにはなにか入っているのかい」

「ええ、魔除《まよ》けのお札が入っているはずよ」

「ほかには」

「ほかに。さあ、どうだったかしら……」

おぐんが首をぶるぶると振る。

「ううん、丈右衛門さんに嘘をついても仕方ないわよね」

自分にいいきかせるようにいった。背筋をすっと伸ばす。

「この守り袋には、認め書きが入っているのよ」

やはりな、と丈右衛門は思った。

「認め書きというと、父親の喜多左衛門さんの記したものかな」

さすがねえ、といいたげな顔でおぐんが丈右衛門を見つめる。

「ええ、そうよ。喜吉ちゃんを我が子であると認めるものよ。これがあれば、将来喜吉ちゃんになにかあったとき、菅田屋さんからの助けが見こめるからって」

「喜多左衛門さんの直筆なんだな」

「ええ、それだけでなく、喜多左衛門さんの判子も大きく押されているわ。あと、喜多左衛門さんの花押《かおう》も」

「花押か。戦国の頃の大名が好んで使ったな。自分が発給した文書であることを明かすための記号のようなものだと記憶しているが、どうだったかな」

「合っていると思うわ。喜多左衛門さん、軍記物が好きで、自分だけの花押をつくろうと、よく習練していたらしいの」

「おぐんさんのところに入った盗人は、その認め書きを我がものにしようとしたのではないかな」

「やっぱりそうよね」

おぐんが思案顔になる。

「誰が忍びこんだのかしら。陽之助さんじゃあないわよねえ。まさか、おさえさんの息のかかった者ってことはあり得ないかしら」

「菅田屋の女将か。考えられるとするなら、おさえさんの弟の二人だな。おさえさんは喜吉ちゃんに継がせるつもりでも、弟の二人が納得していないとしたら」

「喜吉ちゃんが喜多左衛門さんの子であることを明かすものを、取りあげてしまえばいいってことね。この子は本物ではないって難癖つけて、やり方によっては追い払える」

「しかし、菅田屋の実権は、どうやらおさえさんが握っているようだ。いくら二人が喜吉ちゃんはちがうといったところで、おさえさんがそうだ、といえば、どうにもならないと思うのだが」

「そうよねえ。確かに妙よねえ」

おぐんが首をかしげる。

「とにかく、明日、おさえさんだけでなく、二人の弟もどんな人柄か、じっくりと見てくるわ」

翌日の朝早く、おぐんはおさえの待つ菅田屋に、陽之助とともに向かった。

おさえの人柄を自分の目で見たく、できれば丈右衛門もついてゆきたかったが、おぐんに喜吉ちゃんを頼みます、といわれて家に居残ることになったのである。

二刻後、おぐんは一人で戻ってきた。丈右衛門のそばで眠っていた喜吉を、においを嗅ぐように抱き締めた。そこに丈右衛門がいることを忘れたかのように、長いことそうしていた。

ここまでかたい抱擁をする。おぐんは喜吉との別離を決意したように見えないでもないが、果たしてどうだろうか。

おぐんが喜吉から顔を離し、ようやく目をあげた。

「お待たせしました」

静かに丈右衛門に告げる。これが、菅田屋から帰ってきたことをいっているのか、喜吉をずっと抱いていたことをいっているのか、丈右衛門には判然としなかった。両方をいっているのかもしれない。

「話をきいてもよいか」

丈右衛門は、おぐんにたずねた。待っているあいだの二刻は実に長かった。その思いが口調に出た。

おぐんが大きく首を上下させる。

「おさえさんね、いい人だった。おみねさんからきいている人とはちがったわ。やさしさがにじみ出ている人柄で、この人なら喜吉ちゃんをまかせてもいいって思ったわ。二人の弟もよい人だった」

「では、まかせるのか」

「ええ、やはりこんなおばあちゃんより、まだずっと先のある人のほうが、喜吉ちゃんのためになると思ったの」

おぐんが下を向く。畳にぽたぽたとしずくが落ちだした。いくつもの小さなしみが次々にできてゆく。

「つらい決断だな」

「この子と離れるのは寂しいわ。私の生き甲斐だもの」

いきなりおぐんが丈右衛門に抱きついてきた。丈右衛門の胸で、おんおんと声をあげはじめる。丈右衛門の胸があたたかいものに濡れた。

丈右衛門は黙って背中をさすってやった。

「丈右衛門さん、喜吉ちゃんと離れたくないよ。私、なんであんな約束しちゃったんだろう。馬鹿だよね。ほんと馬鹿だよね」

おぐんが急に小さくなったように感じられ、丈右衛門はやさしく背中をさすり続けた。まぶたの裏が熱くなり、今にももらい泣きしそうになった。

三

眉根をひそめた。それから、急に瞳をぎらりと光らせた。

ふだんは物静かなだけに、迫力がいやが上にも増す。

「許せねえ」

勇七が低くつぶやく。怒りの強さがより深く感じ取れた。

「旦那、襲ってきた野郎は、頭巾をかぶっていたんですね」

「ああ、そうだ。あいつは武家だ」

「頭巾からのぞいていた目に心当たりがないってことですけど、声のほうはどうなんですかい」

文之介はしばし考えた。

「ねえな。初めてきく声だったと思う」

「さいですかい」

歩きながら、勇七が腕組みをする。

「凄腕《すごうで》だったといいましたけど、斬撃や刃筋なんかになにか特徴のようなものはなかったんですかい」

文之介は、昨夜のことを脳裏にぐいっと引き寄せた。あの男が遣った剣はどういうものだったか。

「なんら変哲もなかったな。少なくとも、噂にきく薩摩示現流《さつまじげん》のようなすさまじい剣ではなかった。どちらかというと、柳のようにふわりと打ちだされる剣のように感じた」

あれは実はそんな剣ではなく、ただ、ゆっくりと振られたように見えたから、ふわりとやわらかな剣に思えただけなのか。

「柳のようにですかい。旦那、そんな流派に心当たりはないですかい」

一応、文之介は頭のなかを探ってみた。しかし、やはりなにも引っかかるものはなかった。

「ねえな。名をつけるとすれば、柳流とか、柳風流《りゅうふう》とかになるのかな」

「りゅうふう流って、どんな字を当ててるんですかい」

文之介は伝えた。

「なるほど、柳風流ですかい。柳に風ってこってすね」

「ああ、そうだ。しかし流派もいいが、どうして俺が襲われなきゃならねえのか、さっぱりわからねえ。まずそれを知りてえな」

「それがわかれば、襲ってきた野郎を特定しやすくなりますね」

「ああ、そういうこった。特定までいかねえにしても、ある程度しぼりこむことはできる。勇七、なにか思い当たるものはあるか」

文之介のうしろを歩きながら勇七が考えこむ。ちらりと目をあげ、文之介を見たのが気配から知れた。

「旦那はどうなんですかい。あっしには心当たりがあるような気がしますよ」

「さすがだなあ」

文之介は素直に感心した。振り向き、勇七ににやりとしてみせた。

「どうして笑うんですかい」

「なに、勇七も心当たりがあるのがわかったからだ。多分、俺たちは同じことを思っているにちげえねえ」

「だったら、同時にいってみましょうか」

「ああ、いいぜ。一二のう三」

二人が口にしたのは、大身の旗本である松平駿河守信法の名だった。二人は、やっぱりという顔を向け合った。

松平駿河守信法といえば、八千五百石の大身で、しかも現将軍のせがれという男である。上から力がかかり、松平駿河守のことを調べるのを、文之介はやめさせられた。

勇七がそこに松平駿河守がいるかのように、虚空をにらみつける。勇七の目をまともに見た商人の主従らしい二人連れが、びっくりしたようにそそくさと道を避けていった。

文之介がちらっと目をやると、急ぎ足で歩を運びつつ、二人でひそひそと話をかわしていた。なんであの中間は、あんなに恐ろしい顔をしているのかねえ。まったく鬼の形相でしたよ。

「昨晩襲ってきたのが駿河守だとして、どうして旦那を襲うような真似をしたんでしょうね」

なにもきこえなかった顔で勇七が疑問を口にする。

「旦那が気に障るなにかをしたってことですかね」

「駿河守が考えていた以上に、俺たちが早く駿河守にたどりついたってことかもな。町奉行所に力をかけて俺たちの動きを封じたからといって、まだそれだけじゃあ安心できなかったのかもしれねえ」

文之介の言葉を受けて、勇七が声を低くする。

「しかし、駿河守は公方《くぼう》さまの息子ですよね。あっしらはどうやったって手だしができないですから、泰然自若《たいぜんじじゃく》として構えていれば、いいんじゃないんですかい。それに、表向きは玉蔵たち三人は手討ちで始末がすんでしまっているんですから、本当にあっしらはなにもできませんよ」

「そうだよな。しかし、昨夜のあの襲撃がほかの者の仕業ってのは、どうにも考えられねえ。俺のなかじゃあ、もう大岩のように駿河守の仕業って思いが居座っちまっている」

「そいつはあっしも同じですよ」

文之介と勇七は町奉行所の大門に着いた。

「ちょっと待っててくれ。すぐに戻ってくるからよ」

文之介は勇七にいい置いて、大門に備え付けられている同心詰所に入った。同僚たちと挨拶をかわし、今日なにをするべきか、書類などで確かめた。そんなことをしなくてもわかっているのだが、一日のはじまりということで、外せない習慣になっていた。

文之介は詰所をあとにして、大門の下に出た。勇七とともに道を歩きはじめる。

「旦那、どこに行くんですかい」

文之介はにっとした。

「わかっているんだろう、もう」

「じゃあ、駿河守の屋敷ですね」

「そうだ」

「訪ねるんですかい」

文之介は顔をしかめた。

「さすがにそういうわけにはいかねえだろう。行ってみて、もしかしたらちょうど外に出てくるなんていう幸運に巡り合えねえかなって思っているだけだ」

「そんな幸運に巡り合えたら、駿河守になんていうんですかい」

そうさな、といって文之介は空を見あげた。今日はよく晴れている。雲はほとんどなく、蒼穹《そうきゅう》と呼ぶべき青空が地平のはるか彼方《かなた》まで広がっていた。

「今は思いつかねえな。そのときになれば、きっとなにか口をついて出るだろう。それにまかせるのがいいかな」

「切腹につながるようなことだけはいわないでくださいね」

「俺だって命は惜しいからな。その辺は心得ているさ。危ねえ言葉を口にする気はねえ」

「それならいいんですけど」

勇七がほっと胸をなでおろしている。

「それにしても旦那、どうして昨晩のうちに、襲われたことをあっしにいわなかったんですかい。しかも、うちの目と鼻の先でやられたんでしょう」

そいつか、と文之介はいった。

「襲われたなんていったら、勇七も弥生ちゃんも眠れなくなっちまうだろう。それがいやだったんだよ」

「水くさいですよ。弥生はともかく、あっしとはそんな仲じゃないでしょう。気を使う必要なんてありませんよ」

「それはそうなんだろうけど、寝られねえと今日に響くからな。特に弥生ちゃんは子供相手だから、かわいそうだ。おめえだって、楽な仕事じゃねえ」

「旦那の気持ちはわかりましたけど、やっぱりせめてあっしには打ち明けてくださいよ。旦那のことだから、昨晩帰ってきてからろくに眠れなかったんじゃないんですかい」

「ああ、あの野郎はいってえ誰なのか、考えて悶々《もんもん》としていた」

「やっぱり」

「話さなかったのは、勇七を同じ道に引きずりこみたくなかったからだ。おめえは俺以上に悶々とするたちだからな」

「そうかもしれませんが、次からは必ず話してくださいよ」

「ああ、わかったよ。おめえはいつまでたっても、昔と変わらねえ」

「そうですかねえ。あっしも少しは成長したんじゃねえんですかい」

「体は大きくなったな、確かに。だが、中身はあまり変わらねえ。水くさいことに文句をいうのも昔と同じだ」

文之介は語りだした。

「あれは、俺とお春の二人で遊んでいたときだった。隣町のちょっと年上の連中にからかわれ、いじめられたんだ。俺はともかく、お春がとてもかわいそうで、俺はやつらに復讐しようって考えた」

「ああ、そんなこともありましたねえ」

「あのとき勇七が俺たちと一緒にいなかったのは、おっかさんが風邪を引いて、看病していたからだ」

そうでしたね、と勇七が深くうなずく。

「俺は一人でやつらを叩きのめそうって考えた。怖くて仕方なかったが、お春を泣かせたのは許せなかった。必ずこてんぱんにのしてやるって決意した。一人でやつらを探しに歩きだしたとき、急におめえがあらわれたんだ。そして、水くさいぜっていったんだ」

「だって、本当に水くさいじゃないですか。なぜあっしに相談しなかったんですかい」

「おめえにはおっかさんの看病っていう大事な役目があっただろうが」

「親孝行は大事ですけど、友垣《ともがき》だってそれに負けず大事ですからね」

「しかし、あのときは頭に血がのぼっていて気づかなかったが、勇七はどうして俺がやつらを叩きのめしに行くってわかったんだ。お春にきいたのか」

「ちがいますよ。お春ちゃんには会っていませんからね」

「だったら、どうして知ったんだ」

「見ていたんですよ」

文之介は勇七を見つめた。

「見ていたって、俺たちがいじめられたところか」

「いえ、ちがいます。旦那たちが二人して泣いているところですよ。誰かにいじめられたんだなってすぐにあっしはわかりました」

「どうして声をかけなかったんだ」

「旦那はあのとき、あっしに声をかけてほしかったですかい」

むっ、と文之介は詰まった。

「そっとしておいてもらって助かった」

「そうでしょう。だから、あっしは声をかけなかったんです」

「だが、どうして勇七、あんなところにいたんだ」

「あっしはおっかさんの薬をもらいにお医者のところに行った帰りだったんですよ。旦那とお春ちゃんが二人で遊んでいるのはわかっていましたから、それがうらやましいし、二人でなにをしているのか興味もありましたし、ちょっと遠まわりしたんですよ」

「そういうことかい」

文之介は納得した。

「その後、俺たちはどうしたんだったかな。やつらをこてんぱんにのしたんだったか」

「ちがいますよ。二人とものの見事に返り討ちにされたんですよ」

「えっ、そうだったか。俺のなかじゃあ、完璧な勝利だぞ」

「夢でも見たんじゃないんですかい。あいつら、あっしたちより三つは上でしたねえ。あっしらがまだ十になっていなかったですからね、あの時分の三つの差は大きいですよ」

「ああ、俺も思いだしたよ。こっぴどくやられたなあ。しかしそのあと、確か仲よくなったよな」

「ええ、そうでしたね。あっしらがどんなにやられても屈することなくむしゃぶりついていったんで、向こうも一目置いたっていうのか」

「男は喧嘩して仲よくなるってのが多いからな。しかし、あの連中も今どうしているのかなあ。いつの間にか、会わなくなっちまったよなあ」

「男は大きくなるにしたがって、早くに職を得る者も多くて、ばらばらになってしまいますからね」

「元気にしていればいいいな」

「まったくです」

文之介と勇七は、松平駿河守の屋敷に着いた。正面にがっしりとした長屋門があり、高い塀がぐるりをめぐっている。庭の木々が深く、横に伸びた枝が道に覆いかぶさり、濃い影をつくっている。

長屋門は閉まっている。あく気配は感じられない。

だが、文之介はその場を去る気にならなかった。しばらく門の前に立っていると、いきなり多勢の人間の立てる物音が長屋門越しにきこえてきた。

もしや、ひらくのではないか。文之介と勇七がじっと見ていると、いきなりきしんだ音がし、門があいた。

四人が担ぐ大名駕籠《かご》が出てきた。これだけ立派な駕籠ならば、乗っているのはこの屋敷のあるじ以外、考えられない。

文之介はじっと駕籠を見据えた。その眼差しを感じたように駕籠がとまり、引き戸が静かにあいた。

引き戸のなかから、二つの瞳がのぞいている。こちらを冷ややかに見返していた。

この目。昨日の晩と同じだ、と文之介は直感した。まちがいない、あの男だ。まちがえようがなかった。

どうして襲ったんだ。

文之介は怒鳴りつけたかった。だが、そんな真似はできない。証拠はまったくないのだ。代わりに、目を大きく見ひらいて、ぐっとにらみつけた。

家臣たちがそんな文之介を見て、色めき立つ。不浄役人がいったいなんの用だといわんばかりだ。

しかし、文之介は家臣など、どうでもよかった。駕籠のあるじをひたすらにらみ続けた。

松平駿河守とおぼしき男には、表情が感じられなかった。目には、怜悧《れいり》な光が浮いていた。

顎は細い。鼻筋が通っている。頭のめぐりがかなりよさそうに感じられた。

音もなく引き戸が閉じられた。駕籠がゆっくりと動きだす。家臣たちが、どけといわんばかりの顔でねめつけてきた。

駕籠はゆっくりと進み続ける。

文之介たちに、引きとめることなどできない。

文之介には、駕籠が消えるのを見送ることしかできなかった。

しかし、ここまで来た甲斐があったとはいえた。なんといっても、松平駿河守の顔を見ることができたのだから。

顔を目の当たりにしたことで、文之介は、はっきりとした目標をつかんだ気分になっている。

四

丈右衛門は、おぐんの家で将棋を指している。これはもう仕事は関係ない。完全に趣味における戦いである。

朝の五つすぎからはじめて、三度、勝負をしたが、いずれも丈右衛門の完勝といってよかった。こんなに手応えのないおぐんは初めてだ。

一所懸命、指してはいるのだが、魂が入っていない。なにで頭が一杯なのか。それは考えるまでもない。

上の空である。

おぐんは、喜吉のことが気になって仕方ないのである。

これまでに一度も見ることのなかったへまをあっけなく犯す。今も飛車がただで取れる状態になっている。

丈右衛門は内心、苦笑するしかなかった。飛車を取らずとも、あと十手ばかりで詰めそうだ。

しかし、これでは丈右衛門もおもしろくない。

「おぐんさん、菅田屋に行ってみるか」

誘うと、盤面から勢いよくおぐんが顔をあげた。

「ほんと」

ああ、と丈右衛門は答え、にっこりと笑った。

「すぐに出かけよう」

四半刻後、丈右衛門とおぐんは菅田屋の前にいた。深川元町《ふかがわもとまち》である。

予期していた以上に大きな店だ。しかもけっこう新しい。

巨大な扁額が、丈右衛門たちを威圧するように見おろしている。五間以上離れて店を眺めているのだが、建物自体、頭から押さえつけてくるような迫力があった。

これだけ隔てていても、油の濃厚な香りが漂ってきている。店のなかはいくつもの油の樽《たる》がしつらえられているのだろう。

深川は自分の縄張だったが、この店には覚えがない。自分が現役の頃は、ここに建っていなかったのではあるまいか。きっとよそから移ってきたのだろう。

店のなかに入る気は、はなからない。入ったところでどうしようもなかった。

おぐんは一目だけでも喜吉の顔を見られないかと思っているようだが、これだけ大きな店の跡取りとして迎え入れられた以上、そうはたやすく会えないだろう。大名家のようなものだ。

それにしても、と丈右衛門は思った。どこか店の様子があわただしく感じられてならない。人の出入りが繁すぎるということではない。大店というのは、ふだんからこんなものだろう。

紐で固定された大きな暖簾《のれん》を出入りする奉公人らしい者の顔が、こわばりすぎているのだ。

なにかあったのではないか。元同心の勘がそう告げている。

おぐんはまったく気づいていないようだ。頭には喜吉のことしかないから、仕方のないことだろう。

むっ。丈右衛門は目に力をこめた。見知った顔が暖簾を出てきた。吹きすぎた風に肩をすくめるような仕草をしてから、道を東へ歩きはじめた。

――どうしてやつが。

「ちょっとここにいてくれ」

丈右衛門はおぐんにいい置いて、足を踏みだした。男を追う。

十間ばかりいったところで、背中に声をかけた。

男が鋭く振り向く。相変わらずすさんだ顔つきをしていた。

「幸造《こうぞう》、元気そうだな」

一瞬、目をみはりかけたが、すぐに幸造が小腰をかがめる。

「御牧の旦那、ご無沙汰《ぶさた》しておりやす」

「うむ、久しぶりだな」

丈右衛門は鷹揚にいった。

「おまえさん、菅田屋から出てきたが、なにかあったのか」

えっ、という顔を幸造がする。見られていたのか、という気持ちが面に出たように思えた。

「いえ、なにもありません」

つくったような笑いを見せる。頬のあたりがぴくりと引きつった。

「ちょっと小遣いをもらっただけですよ。それだけです」

ではこれで、と幸造がきびすを返し、小走りに駆けだす。

丈右衛門に追いかける気はなかった。店の前にたたずんでいるおぐんの前に戻る。

「待たせたな」

おぐんには、その声も届いていないようだ。

なにがあったか、じかにきいてみるか。

萱田屋の暖簾を見つめて、丈右衛門はそんなことを思った。女将のおさえに会い、話をする。

だが、女将は本当の話をしてくれるだろうか。その期待はかなり薄いような気がする。

さて、どうするか。この近くに恰好《かっこう》の男が一人いる。あの男なら、萱田屋でなにがあったのか、きっちりと調べあげてくれるだろう。しかも迅速に。

しかし、自分はもう現役ではない。そんなことをしてもよいのかどうか。

まだ萱田屋を見ているというおぐんをそこに残し、深川元町の自身番に足を運んだ。

そこで萱田屋のことをきいてみた。だが、なにも得られなかった。

萱田屋について家主《いえぬし》や書役《かきやく》が話をきいているのは、つい最近、あるじだった喜多左衛門の子を跡取りとして迎えたということだけだった。

丈右衛門はまた萱田屋の前に戻った。だが、おぐんの姿がない。

——どこに行った。

丈右衛門はあわてて探した。まさか店に入ったのではあるまいな。

路地を行き、店の裏手にまわった。裏口のそばにたたずんでいるおぐんの姿があった。さすがにほっとした。

「おぐんさん」

「ああ、丈右衛門さん。ごめんなさいね、勝手に動いたりして」

裏口に行けば、家人たちが暮らす母屋はすぐそこにある。こっちに来れば、喜吉に会えるかもしれないと踏んだのではないか。

「いや、別にそれはいいんだが、そんなに会いたいなら、訪ねてみるか」

「えっ、いいの」

「うむ、会えるかどうかわからぬが、訪ねるくらいよかろう」

丈右衛門たちは表に再びまわった。暖簾を入る。おぐんは緊張している。顔がこわばっていた。

しかし手代《てだい》らしい者に、申しわけないですがおぼっちゃまは病で臥せっておりますので、とあっさりといわれ、追いだされそうになった。

「病ってどんな病ですか。重いんですか」

おぐんが叫ぶようにきく。

「それはいえません」

「お医者にはかかっていますか」

「もちろんです。腕のよいお医者においでいただいています」

「喜吉ちゃんに一目会わせてください。お願いします」

「申しわけないですが、それは無理です」

おぐんは必死にあらがったが、ここは引くしか手はなさそうだった。丈右衛門はおぐんの手を握り、帰ろうと真剣な目でいった。

丈右衛門にいわれ、ここでがんばったところでどうしようもないことに、おぐんは気づいたようだ。素直に暖簾の外に出た。

店から十間ばかり離れたとき、丈右衛門はおぐんにいった。

「喜吉ちゃんになにかあったのかもしれぬ。方策をちと考えよう」

「喜吉ちゃんになにかあったって、いったいなにが」

大きく目を見ひらいておぐんがきく。

「今はまだわからぬ」

「そんな。あの子になにかあったら、どうしよう。私、死んじまうよ」

丈右衛門はおぐんを近くの路地に連れていった。大丈夫だ、わしがなんとかするから、といって落ち着かせようとした。

不意に、横合いから近づいてきた者の気配を丈右衛門は感じた。顔をそちらに向ける前に呼びかけられた。

「父上」

丈右衛門は、そばに立つ文之介を見つめた。うしろに、いつものように勇七が付きしたがっている。

「文之介、どうしてここに」

「父上、それはそれがしの言葉です」

文之介がおぐんに目を向ける。

丈右衛門は文之介と勇七におぐんを紹介した。おぐんには、自分のせがれの文之介と中間の勇七であると伝えた。

文之介と勇七がおぐんに明るく挨拶する。つりあがった目をしたおぐんが、なんとか笑みを浮かべて返した。

挨拶が終わるや、文之介がいきなり咳きこんだ。勇七が背中をさする。

「風邪か。大丈夫か」

丈右衛門は案じて声をかけた。それが効いたかのように文之介の咳がとまった。

「ひどいな。お医者には診せたのか」

「いえ、いろいろあって、そんな暇はありませぬ」

鼻水が垂れそうになっている。丈右衛門は手ぬぐいでふいてやりたかったが、さすがに躊躇《ちゅうちょ》した。

そこを、さっと小紙を取りだしたおぐんがふいてくれた。顔からこわばりが取れ、本物の笑みが頰に刻まれていた。

すみませぬ、とさすがに文之介が恐縮して腰を折る。

おまえな、と丈右衛門は文之介にいった。

「お医者に診せたほうがいいぞ。風邪はなめると危ない病だ。それに、いま屋敷におらぬそうではないか。お春がそう申していた。どうしてお春と一緒にいてやらぬ」

文之介が決まり悪そうにする。

「ちょっとありまして」

「お春は心配していたぞ。番所に泊まりこむような真似はせず、さっさと屋敷に帰ったらどうだ。いや、番所などではなく勇七のところにいるのか」

丈右衛門が決めつけるようにいうと、文之介がびっくりした。

「なぜわかるのですか」

「ほう、図星だったか。わしも番所に泊まりこんだことはあるが、おまえがしているように長く泊まったことはない。泊まりこむ必要がないように、番所にほど近い八丁堀に組屋敷があるしな。しかも番所には宿直《とのい》部屋はあるが、長く泊まれるところはない。だとすると、おまえがいるところはどこか。まさか金をだして旅籠《はたご》に泊まっているはずもない。気心が知れた者のところしか、それだけ長く泊まれるわけがない。そうすると、おまえの場合は一人だな」

丈右衛門はしげしげと、久しぶりに会うせがれを見つめた。

「もう一度きくが、どうして屋敷を出た。お春の様子だと、喧嘩をしたわけでもなさそうだ」

文之介がにかっとする。

「それは、さすがの父上でもおわかりになりませんか」

いや、と丈右衛門はいった。

「ここで会ってわかったような気がする。おまえ、昔から風邪はうつるものだといい張っていたが、お春に風邪をうつしたくないと考えたのではないか」

「はあ、その通りです」

「やはりそうだったか」

丈右衛門は満足した。

「そんなことより、父上はどうしてこんなところにいらっしゃるのです」

文之介が問うてきた。

「先ほどここの自身番に寄ったとき、父上が菅田屋さんのことをきかれていかれたと耳にしたので、足を運んでみたのです。菅田屋さんがどうかしたのですか」

うむ、と丈右衛門はむずかしい顔でうなずいた。そして、文之介と勇七に説明した。

二人がそろってうなずく。さすがに息が合っている。

「菅田屋さんが不可思議な動きをしているけれど、なにが起きたのか、父上にもまだおわかりでないということですね。それがしどもがきいてきましょうか」

「いや、待ってくれ」

丈右衛門は文之介の肩をつかんだ。いつの間にかがっしりとした肉がついているのに、内心、驚いた。いつの間にこんなにたくましくなったのか。前はひょろりとしていたのに。

「おまえのことを信じておらぬわけではないが、ここは別の男にまかせたい。八丁堀の者が暖簾をくぐると、ひじょうにまずいことになりそうな気がしてならぬ」

「まかせるというのは誰ですか」

文之介が、機嫌を損ねるでもなくきく。勇七も、誰だろうと興味深そうな顔つきをしている。

丈右衛門はつぶやくように口にした。

「隆作《りゅうさく》という男だ」

五

苦み走ったという表現が、ぴったりの男だった。

歳は四十を少しすぎているくらいか。生き生きと澄んだ目はやわらかな光を宿し、頬が削《そ》げたようにくぼみ、がっしりとした顎は意外にきれいな筋を描き、鼻筋がすっと通っている。

文之介が見た限りでは、隆作という男には、いかにも切れ者という感じがある。丈右衛門はこの男をときおり探索に用いていたのだという。隆作自身、あまり表には立たず、配下たちを使っているとのことだ。

岡っ引なのかと思ったが、そうではなく、町奉行所に限らず、事件の探索を副業にしているのだそうだ。表の稼業は口入屋《くちいれや》で、飛騨屋《ひだや》という看板を掲げている。店は職を求める者でけっこうにぎわっていた。

隆作は岡っ引のように小遣い稼ぎなど一切せず、ひたすら探索に精をだし、解決に導けたら報酬をもらうという形を取っているそうだ。

隆作にどれだけの配下がいるのか、丈右衛門も知らないとのことだ。とにかく使える男であるという。

丈右衛門は隆作に、喜吉のことをまず話した。

「おそらく菅田屋のおかしな動きには、喜吉ちゃんが絡んでいるのではないか、とわしは思っている」

「では、菅田屋さんのなかを探ればよろしいのですね」

「岡っ引の幸造のことも頼む」

「幸造さんですか」

隆作が、引き締まった口元に苦笑を浮かべる。

「あまりいい噂をきかない人ですね」

商家にあらぬ疑いをかけて小銭をせしめたり、金貸しを営んで金を返せない貧乏人をいたぶったり、田舎から出てきたばかりで右も左もわからない女を言葉巧みに遊郭《ゆうかく》に売り飛ばしたりしている。

そんなことをしている以上、本来ならお縄になってもおかしくない悪党なのだが、町奉行所の同心に手札《てふだ》をもらっていることもあり、うまく立ちまわっている。

「幸造が菅田屋から出てきたんだ。なにかあるにちがいない」

「ほう、さようですか」

隆作がすっくと立ちあがった。

「では、さっそく調べてみますよ。お知らせは御牧の旦那にすればよろしいですか」

「御牧の旦那というのは、わしのことだな。新しい御牧の旦那のほうに頼む」

丈右衛門が文之介を指し示す。

「わかりました。では、御番所のほうにお知らせすればよろしいですか」

「調べるのに時間はかかるかな」

文之介は隆作にたずねた。

そうですね、と隆作が真剣な顔で考える。

「できるだけ早く調べさせていただきますよ。できれば半日ほしいところですが、いかがですか」

「承知した。それならば、深川元町の自身番に知らせてほしい。わしはあそこに詰めているゆえ」

丈右衛門を見送って、文之介は深川元町の自身番に向かった。

「しかし、今頃になって父上はどうして隆作さんを紹介したのかなあ」

文之介は勇七にいった。

「決まってますよ」

勇七が明快に答えた。

「ご隠居が旦那を認めたってことですよ」

「そういうことかな」

うすうすそうではないかと思っていたが、勇七にいってもらえると、さすがにうれしさを隠せない。

「しかし、父上はようやく俺のことを認めたのか」

「旦那の成長を待っていたのは、確かでしょうねえ。隆作さんのことをこれまで紹介しなかったのは、隆作さん頼りになってしまうのを怖《おそ》れたのもあったんでしょう」

半日もかからなかった。ほんの一刻半で隆作がやってきた。

さすがに丈右衛門が信を置いていた男だけのことはある。

自身番の土間に入ってきた隆作の厳しい顔つきを見て、文之介は人払いをした。それまで世間話をしていた家主や書役が、ぞろぞろと外に出てゆく。

「すまねえな、この埋め合わせは必ずするから」

「いえ、いいんですよ」

家主の一人が笑顔でいった。

「いつも御牧の旦那にはお世話になっていますから。こんな狭いところでよろしければ、存分にお使いください」

すまねえな、といって文之介は隆作を三畳間にあげた。

「まず結論からいいます」

隆作が文之介と勇七を交互に見、前置きなくいった。

「喜吉ちゃんですが、どうやらかどわかされたようです」

さすがに文之介は息をのんだ。

「誰に」

「それはまだわかりません」

「番所に届けは」

「だしていないようです。それで、幸造さんが咎人とのあいだに立って交渉しているようです」

「幸造はどうやって、喜吉がかどわかされたことを知ったんだ」

「どうも、菅田屋さんのほうから頼まれたようですね」

「どうして菅田屋は悪党に頼んだのかな」

「幸造さんにはいつも世話になっているという思いが、菅田屋さん側にはあるようですよ。大店ですから、やくざ者の絡みなどもあるでしょう。悪党のほうが、その道に詳しいって素人はどうしても思いますしね。悪党は悪党にまかせたほうが安心という思いは、誰にでもあるんじゃないですか」

なるほど、と文之介はいった。勇七も横でうなずいている。

「喜吉は、いつどんな方法でかどわかされたんだ」

「つい最近、近くの神社に皆でお参りに行ったあと、料理屋で食事をした際、女将のおさえさんが厠《かわや》に行ったとき、片時も離れたくないらしくて、喜吉ちゃんも一緒に連れていったそうなんです。そのときに、店の女中に喜吉ちゃんを預けたらしいんです。おさえさんが厠を出てきたときに、その女中はどこにもいなかった。喜吉ちゃんとともに消えていたそうですよ」

かどわかそうとしている者に狙われたら、どんなに用心してもかわしきれるものではない。その料亭でかどわかされなくても、いずれどこかでさらわれていただろう。

「咎人からの要求は」

「どうやら千両のようですね」

「そんなに」

文之介と勇七は目をみはった。

「喜吉ちゃんを取り戻したら、幸造さんに三割の報酬が支払われることになっているようです」

「三百両も。もらいすぎだろう」

「その幸造さんですが、相変わらず悪いやつらとつき合っているようですね。そのなかで、これまでつき合いがなかったのではないかと思える者がいるんです」

「それは」

「武家です。今日も料亭で会っている様子で、配下にその武家のあとをつけさせたのですけど、あっさり撒かれてしまいました」

「何者か、わからねえってことか」

ええ、と隆作がいった。

「料亭の者にもきいたんですが、あの武家が誰か、知る者はいないようです。いつも幸造さんが席を取っておくみたいで、その武家はただやってくるだけらしいのです。常に頭巾をしており、座敷に座りこんでも決して脱がないそうです」

頭巾ときいて、松平駿河守なのではないか、と文之介は思った。勇七も同じ考えでいるようだ。

「その武家は一人で料亭に来ていたのか」

文之介は問いを重ねた。

「入ってきたときは一人です」

隆作が即座に答えた。

「幸造さんとの話が終わったあと、その武家は料亭を出て、やはり一人で歩きだしたのですが、ほんの半町も行かないうちに、数人の侍がまわりを取り囲むようにしたそうです。手前の配下は、武家が襲われたのかと思ったんですが、その侍たちが武家をつけている者がいないか、目つきを鋭くしたことで、すぐに護衛であると覚ったそうです。その侍たちのせいで、配下は距離を取らざるを得なくなり、結局は武家を見失ってしまった」

そうかい、と文之介はいった。少し残念ではあるが、そういう状況では致し方あるまい。

「隆作さん」

文之介は呼びかけた。

「御牧の旦那、手前のことは呼び捨てにしてください」

「いや、しかし、そういうわけには」

「遠慮することはありませんや。それに、緊急を要するときにいちいち、さん付けで呼んでいたら、手間がかかってしようがありません。ここは呼び捨てにしてください。なあにすぐに慣れますよ」

わかった、と文之介はいった。

「一つ頭に浮かんだことがあるんだが、いってもいいか」

「もちろんですよ。御牧の旦那は、ずいぶんと遠慮深いんですね」

「そんなことはねえんだが、初対面の人と会うときは、少し気を使うところはあるな」

「お人柄ですね。ご隠居もそういうところがありましたよ」

「へえ、父上が」

「ご隠居も、だいぶ気を使われるお方でしたね」

隆作が文之介を見つめる。

「それで、頭に浮かんだことってのは、なんですか」

「狂言ではないかってことだ」

隆作が目を光らせる。勇七が横でぴくりとしたが、なにもいわなかった。

「そいつは、誰と誰とがつるんでいるってことですか」

隆作が文之介にたずねた。

「隆作さん、いや、隆作ももう気づいているだろうけど、幸造と咎人だ」

「ええ、確かに。御牧の旦那がおっしゃる通りだと思いますよ」

「ちょっと待った。そのていねいな言葉はやめてもらおう。勇七も俺に対して、ふつうにしゃべっている。同じでいいよ」

ありがとうございます、と隆作が軽く頭を下げる。

「御牧の旦那はご隠居もそうですけど、構えずにいいから楽ですね。そういうのだと、人が集まりますよ」

隆作が軽く唇を湿してから続ける。

「つまりこういうことですかね。幸造さん、いや、幸造が息のかかった者に喜吉ちゃんをかどわかさせ、金一千両を要求させる。もちろん御番所に届けたら喜吉ちゃんの命がないってことになっている。店の者は悪党として知られている幸造につなぎを取り、なにが起きているか、話す。あるいは店のなかに幸造とつながりのある者がいて、そのものが幸造を呼ぶことを提案する。とにかく幸造はやってきて、すべてまかせてほしい、という。しかしただでは動けない。いろいろなところに金をまかなければいけない。前金を含め、礼金は身の代の三割をいただきたい。店の者は千両にくらべたらはるかに格安に感じ、幸造の申し出を受けた」

こういうことですかね、と隆作がもう一度いった。

「まちがいなかろうぜ」

文之介は腕組みをし、背筋を伸ばした。

「そういえば、父上がおっしゃっていたな。喜吉が菅田屋のあるじだった喜多左衛門のせがれであることを明かす認め書きを狙って盗みに入った者がいると。どうして狙われたのか。礼金目当てに替え玉を立てるつもりだったくらいしか俺には考えられなかったけれど、これを狙っていたんじゃないのかな」

「どういうことです」

勇七がきく。うん、と文之介はうなずき、説明をはじめた。

「喜多左衛門さんのせがれであることを明かす認め書きを持って、喜吉ではない赤子を菅田屋に連れてゆく。認め書きがあるから、その赤子が喜吉であることを店の者は信じる。それで、まず喜吉を探しだした礼金をせしめる」

「しかし旦那。おぐんさんのところから喜吉ちゃんをかどわかし、菅田屋さんに持っていったほうが、認め書きを盗みだすよりも手っ取り早かったんじゃないんですかい」

「その疑問はもっともだ。しかし、おぐんさんのところから喜吉をかどわかしたとなれば、大騒ぎになるだろう。すでに父上がおぐんさんのそばにいらっしゃったし。だが、認め書きだけ盗めば、おぐんさんがさして騒ぐとは思えない。あの人は俺が見る限り、喜吉が最も大事で、そのほかのことはおそらくどうでもいいと考えているはずだ」

「喜吉ちゃんになにもなければ、認め書きなどどうでもいいということですね」

「そういうこった」

「それで、今回はどういう筋書きなんですかい」

「勇七、おめえ、もうわかっているんだろうが」

「わかっていませんよ」

「へん、強情な野郎だ。じゃあ、こいつも説明してやろう」

自身番のなかに人はいないが、文之介はわずかに声を落とした。

「本当は偽の喜吉を菅田屋の跡取りに据えたかった。だが、それには喜多左衛門さんの書が必要だ。おそらくおぐんさんのそばに父上がいることで、それは取りやめになったんだろう。それで、正面から喜吉を取り戻す方向に変わった。おぐんさんに使者を立て、交渉させた。それはうまくいき、本物の喜吉が帰ってきた」

文之介は少し間を置いた。

「本来の筋書きは偽者の喜吉をかどわかすというものだったんだろう。それが今回は、本物の喜吉をかどわかすことになっただけだ。おそらく赤子は幸造が無事に取り戻すという筋書きになっているんだろう。それで三百両もの礼金をいただこうって寸法だ。まったく阿漕な野郎だぜ」

隆作がむずかしい顔つきをしている。

「その筋書き全部、あの幸造が書いたんですかね」

文之介は首をひねった。

「さあ、どうだろうかな」

「無理のような気がしてならねえ。悪知恵ははたらくやつだが、そこまでは考えつかないような気がする」

「黒幕がいるってことかい」

いいながら文之介は気づいた。

「幸造が料亭で会っていたという武家だな」

「手前もそうだと思う」

隆作がじっと文之介を見る。

「先ほど、御牧の旦那はその武家に心当たりがあるってお顔をしていましたけど、ちがいますかい」

「ああ、その通りだ」

文之介は認めた。ちらりと勇七を見てから、松平駿河守信法の名を告げた。

「大身だ。確か、八千五百石。しかも、公方さまのご子息じゃありませんかい」

「ああ、容易ならねえ相手だ」

隆作が首をひねる。

「しかし、松平駿河守さまは、そんなに悪い噂をきくお方じゃないんだが」

「よく知っているのか」

「いえ、そんなには。しかし品行方正で礼儀正しく、不正を憎まれると耳にしたことがある」

「そうか。俺たちにはそんな話は一切、入ってこなかったな」

文之介がいったとき、自身番に早足で近づく足音があった。

「親分」

外から呼びかけてきた者がある。

「手前ですね」

隆作が素早くそちらに目を当てる。

「菅田屋に張りつけていた一人ですよ。なにか動きがあったんでしょう」

文之介がうなずくと、入ってくれ、と隆作が声をかけた。

目に少しだけ鋭さを宿した若者が土間に足を踏み入れる。文之介たちを見て、辞儀する。すぐに言葉を継いだ。

「菅田屋に小さな女の子が入ってゆき、文らしいものを奉公人に手渡しました」

咎人側からの文だろう。こういうとき、子供はよく使われる。

「その女の子は」

隆作がただす。

「はい、呼びとめて茶店で団子を食べさせています」

「よくやった」

若者をほめておいてから、隆作が文之介を見る。

「まいりますか」

六

はす向かいの蕎麦屋《そばや》の二階に、文之介たちは陣取った。

菅田屋のなかはよく見えないが、ただならない気配が文之介には感じ取れるような気がした。

じきではないか。

文之介がそんなことを思ったとき、紐で固定された暖簾を抜け、三人の男が姿をあらわした。

先頭にいるのが幸造で、あとに二人の男がついている。歳からして、番頭と手代ではないか。

右側の路地から馬が引きだされてきた。大きな行李《こうり》がのっている。

幸造が合図する。番頭が馬の轡《くつわ》を持ち、手代がそのうしろについた。

三人と一頭が動きだす。行李の重みで馬の背はしなっている。

あの行李のなかに、千両がしまわれているのだろう。菅田屋のおさえたちは、おそらく本物の千両を用意したのではないか。

行李は鉄の枠が使われていたりして、かなりしっかりとした造りである。

文之介たちは一階におりた。すぐさま外に飛びだしていける態勢を取る。

幸造たちが急ぎ足で道を行く。馬は足が太く、たくましいが、もうかなりの歳のようだ。あれなら、いきなり暴走するようなことはあるまい。

幸造たちは西に向かって歩いてゆく。

やがて大川にぶつかった。新大橋《しんおおはし》がそばにある。渡るのか。

だが、近くの河岸に猪牙舟《ちょきぶね》が用意されていた。幸造たちはそれに乗りこんだ。馬はその場に置き去りにされた。

行李が、番頭と手代によって猪牙舟に積みこまれた。幸造は先に舟に乗り、それを眺めていただけだ。

船頭が棹《さお》を突く。猪牙舟が河岸を離れた。上流を目指してゆく。

文之介たちはあわてなかった。隆作が、こういうこともあろうかと、すでに猪牙舟を用意していたからだ。

文之介も勇七と隆作とともに舟に乗りこんだ。舟は二艘である。一艘目には、隆作の配下が四人、乗りこんだ。すでに河岸を離れている。

文之介たちの猪牙舟は、配下たちの舟の十間ばかりあとを行く。

幸造たちの猪牙舟は、一町近く前を進んでいる。しかし、天気はよく、見失うようなおそれはなかった。

吾妻橋《あづまばし》をくぐって、幸造たちの舟が右に折れた。どこか小さな川に入ったようだ。

あれは向島《むこうじま》の北十間川《きたじっけんがわ》だろう。文之介たちの二艘の舟も、同じように狭い流れに入りこんだ。

大川をのぼっているときはかなり揺れていたが、流れらしいものがなくなった今、舟はすいすいと行く。

幸造たちの舟は突き当たりを右に折れ、業平橋《なりひらばし》を通りすぎた。番頭と思いきや、業平橋から縄梯子《なわばしご》がおろされた。幸造がその縄梯子に取りつく。行李を担いだ手代も縄梯子にすがりつく。あっという間に縄梯子があげられた。

文之介たちは舟をとめ、近くの河岸から岸にあがった。

幸造たちを追いかける。

だが、見失ってしまった。

「手分けして探しましょう」

隆作が冷静にいう。

「二人一組になりましょう」

隆作と配下、配下と配下、そして文之介と勇七という組み合わせである。

文之介たちは探しはじめた。

時間からしたら、幸造たちはそう遠くへは行っていないはずだ。

あたりは中ノ郷《なかのごう》村である。川をはさんで西側は、武家屋敷が立ち並んでいる。そちらには行っていないだろう。

田畑のなかに百姓家と疎林、神社などが散見できる。

文之介たちは、幸造たちを見た者がいないか、人々にきいてまわった。茶店にも入ってたずねた。

行商人、遊山の町人たち、そして真っ黒になって働く百姓衆にもきいた。

その甲斐あって、どうやらまた幸造たちは舟に乗ったらしいのが知れた。

文之介たちは大声をあげた。人を呼ぶのにはこれが一番だろう。勇七の声が、文之介がびっくりするほどすさまじかった。まさに腹の底からだしていた。戦国時代の戦場往来の者の声を思わせた。

勇七の声が届き、隆作たちが急いでやってきた。さすがに息を切らしている。

「どうやらこっちのようだ」

文之介は隆作たちに伝えた。文之介たちは、川に沿って通っている道をすぐさま走りだした。


舟をあがってきた幸造たちの姿が、あけ放した窓から見えた。

四人の家臣が、幸造たちを先導している。家臣の身なりは百姓である。深くほっかむりもしている。

一言も口をきくなと命じてある。口をひらけば、百姓でないことがばれる。

追っ手らしい者の姿はない。当たり前だろう。追っ手がいるにしても、振り切れるように手配りはしてあった。

幸造のうしろに続いている番頭と手代の顔はこわばっている。唇が乾くのか、しきりになめていた。

手代の背中の行李は、さすがに重そうだ。千両箱がそのままおさまっているのだろうから、当然だろう。

そばの畳の上に赤子が眠っている。すやすやと規則正しい寝息を立てていた。なかなかかわいらしい顔をしている。頰ずりしたくなるほどだ。ひげは毎朝、剃っている。痛くはないだろう。

赤子から目を離し、幸造たちを見た。もう十間もないところまで近づいてきている。

幸造の顔は上気している。それも当然だろう。この仕事がうまく運べば、あの男には三百両が入ることになっている。

喜吉を無事に取り戻し、菅田屋のもとに連れていったときに手に入るのと同額である。菅田屋は敷地内に建つ四つの蔵に、数万両を積んでいるのではないか、といわれるほどの大店だ。千両など、庶民の百文ほどにしか当たらないだろう。

幸造がこちらをちらりと見た。目が合う。幸造が笑いをこらえる顔をしている。

幸造たちの姿が窓から消え、戸口の前に立ったのがわかった。

刀を引き抜いた。

戸がひらき、家臣が入ってきた。次に幸造が続く。

無造作に刀を横に払った。びっ、という音がし、幸造の首が飛んだ。

げっ、という声が土間に響いた。明らかに首が発したものだ。

首は土壁に当たり、どんと勢いよく土間に落ちた。少し転がったが、すぐに動きをとめた。

体のほうは前倒しになり、切り口からおびただしい血を流しはじめていた。土間の色が濃いものに変わり、鉄気臭さがあっという間に満ちた。

「わあっ」

「ぎゃあ」

幸造が斬り殺されたのを見て、番頭と手代が悲鳴をあげた。

刀の柄《つか》で顔を殴りつけた。それで二人ともあっけなく気絶した。

刀を鞘にしまう。家臣に、手代の背中から行李をはずさせた。

なかを見る。

千両箱が入っている。それもあけさせた。

黄金色のまばゆさが目を撃つ。

自らの手で千両箱を閉じた。ぱたりと心地よい音がした。

「よし、行くぞ」

家臣たちを引き連れ、裏口に向かう。首をねじり、赤子を見た。なにも知らず、すやすやと眠っている。

裏口から外に出た。目の前の林が醸す冷涼な大気に包まれ、生き返るような気分になった。

林を突っ切る道に足を踏み入れた。さらに濃くなった樹木の香りを深く吸いこみつつ、足早に進む。

文之介は顔をゆがめた。

向島一帯は川が縦横に走っている。舟の行方《ゆくえ》を追うのは、至難の業といっていい。

だが、あきらめるわけにいかない。さまざまな人に話をききながら、文之介たちは幸造たちを追った。

どうやら幸造たちは、北へ向かったようだ。

北に向かうにつれ、人の姿がまばらになった。幸造たちの足取りをつかみにくくなってゆく。

まずいな。

文之介がそんなことを思ったとき、いきなり川が途切れ、土手にぶつかって終わっていた。

文之介は見まわした。ここは墨田村ではないか。

川の突き当たりに、一艘の舟がもやわれていた。二枚の板でつくられた桟橋らしいものが設けられ、舟は杭《くい》につながれている。

近くに人けはない。田畑ばかりで、百姓衆の姿も見当たらない。

この舟に幸造たちは乗っていたのだろうか。

文之介はきょろきょろして、幸造たちの姿を探した。

「旦那、あそこに家が」

勇七が指をさす。

桟橋から二町ばかり東へ行ったところである。

林を背にして、一軒の家が建っていた。なかなか大きな家だ。遠目で見ても、優に五、六部屋はあるだろうというのがわかる。

「行ってみますか」

隆作が文之介にいう。

「ああ、行ってみよう」

「二人を裏手にまわします」

「ああ、そうしてくれ」

隆作が二人の配下に、家の裏側から近づくように指示をだした。二人がうなずき、左側の道を走っていった。

二人が十分に遠ざかってから、文之介たちは用心しつつ、家に近づいていった。

いきなり赤子の泣き声が耳を打った。

あれは。

文之介は駆けだしそうになって、とどまった。

泣き声は目の前の家からきこえてくる。

あれは喜吉ではないか。いや、まちがいないだろう。

——生きていた。

そのことに、文之介は心からの安堵を覚えた。

家の窓があいている。戸口もあけ放されていた。

文之介たちは慎重に戸口に寄った。文之介はいつでも抜けるように、長脇差の鯉口《こいぐち》を切っている。

泣き声は続いている。

土間に横たわっているらしい人の足が見えていた。

文之介はむっと顔をしかめた。濃い血のにおいが戸口から這い出てきている。

戸口から、倒れている者の顔を見ようとした。

むっ。

声が出そうになった。だしたところで、赤子の泣き声にかき消されていただろう。

倒れている者には首がない。少し離れているところに転がっていた。

幸造だ。

おびただしく流れた血が、土間をちがう色に染めている。

あと、二人の男が倒れているのに気づく。番頭と手代だ。こちらは首がついている。

二人のそばに、血だまりはできていない。もしかすると、気絶しているだけかもしれない。

文之介は番頭と手代の様子を見た。息をしている。さすがにほっとする。幸造が殺されたのは、おそらく口封じだろう。こたびのからくりのすべてを知っている男なのだ。黒幕に殺されても文句はいえまい。

隆作の配下が番頭と手代を抱き起こす。活を入れようとしていた。

文之介は勇七とともに赤子に近づいた。元気に泣いている。腹が空いたのか。それともおしめが濡れたのか。

文之介は、厚手の布にくるまれている赤子を抱きあげた。

あたたかい。生きていることを強く感じさせるあたたかさだ。

泣いているが、喜吉はちらちらと文之介を見ている。その顔を見ていたら、文之介は涙が出てきた。

赤子が生きている。それがこんなにうれしいものだと初めて知った。

勇七も目を真っ赤にしていた。よかったよかった、とつぶやいている。

隆作もほっとした顔を隠せない。

文之介はいきなり咳が出そうになった。あわてて喜吉を勇七に預けた。

咳が喉を押し破るように出てきた。咳きこんでいるうちに、体がひどく熱くなってきた。頭がぐるぐるまわりだす。

「大丈夫ですか」

隆作が寄ってきたのが、視野の端に見えた。だが、それが最後だった。

文之介の視野は真っ暗になり、やがて隆作の声も遠ざかっていった。そしてなにもきこえなくなった。


悪夢を見ていた。

文之介は目を覚ました。見慣れた天井が目に映る。

悪夢の中身は覚えていない。見ていたということだけ覚えている。

やわらかなものに頭が乗っているのを知った。

いきなり視野におおいかぶさるように顔が突きだされてきた。

「お春」

「やっと目が覚めたの」

「ああ。だいぶ寝ていたのか」

「ええ、丸二日。勇七さんが運びこんでくれたのよ。有安先生がいらしてくれて、薬を処方してくださったの。よく効く薬ね。あっという間に快方に向かったわ」

「そうか、有安先生が……」

「馬鹿ね、あなた」

「どうして」

「わけは弥生さんからきいたわ。私に風邪をうつしたくないからって、勇七さんたちに迷惑をかけて」

「すまねえ」

「すまねえですんだら、八丁堀はいらないのよ」

「すまねえ」

文之介は首を持ちあげてみた。頭の痛みはない。喉も痛くない。

「俺、治ったのかな」

「そのようね」

「強情を張らず、はなっから有安先生にかかっていたら、よかったかかな」

「そうね。でも、あなたの心遣い、私、うれしかった」

「そうか」

「でも、やり方としては馬鹿のやることね」

「馬鹿馬鹿いってると、亭主が本当に馬鹿になっちまうぞ」

「そうなったら困るから、このくらいにしておくわ」

「皆との集まりに着てゆく着物、決めたのかい」

「まだよ」

「精一杯おしゃれをしてゆくんだぜ。皆に幸せだってこと、見せつけてやるんだ」

「ありがとう、あなた」

お春が顔を寄せてきた。文之介の唇があたたかいものに触れた。

文之介は目を閉じた。砂栖賀屋への押し込みや玉蔵たち三人が殺された事件を解決に導かなければならないが、今はこの幸せをじっくりと嚙み締めたかった。

二〇一〇年一一月　徳間文庫

光文社文庫

長編時代小説

ふたり道《みち》　父子十手捕物日記《おやこじってとりものにっき》

著者　鈴《すず》木《き》英《えい》治《じ》

2023年1月20日　初版1刷発行

発行者　三宅貴久
印刷　堀内印刷
製本　榎本製本

発行所　株式会社光文社
〒112-8011　東京都文京区音羽1-16-6
電話 (03)5395-8149　編集部
8116　書籍販売部
8125　業務部

ISBN978-4-334-79488-0　Printed in Japan

組版　萩原印刷

光文社時代小説文庫　好評既刊